Sólo POR TI

LA HISTORIA DE UN PADRE SOLTERO

AUTORA BESTSELLER DEL USA TODAY

GIANNA GABRIELA

CRÉDITOS

DEDICATORIA

A mis seguidores latinos, gracias por darme una oportunidad.

Con mucho amor,

Gianna

1

CHRISTIAN COLE

Termino la llamada y me siento en mi camioneta por un momento, contemplando lo que acabo de escuchar. Dejó que las noticias sean procesadas dentro de mi cabeza. Me sorprende que me ofrecieran un trabajo en fin de semana. No está mal.

—¿Vas a quedarte ahí sentado todo el día o vas a ir a trabajar? —Mi jefe grita desde dentro de la casa. No me molesto en responderle, sino que salto de la camioneta y lo sigo.

Nigel me golpea en el momento en que entro por la puerta principal.

—Él está siendo un idiota hoy —dice, señalando al idiota que se retira al que llamamos jefe. David Hollister. Dirige Hollister Construcciones y siempre ha sido un idiota.

—Siempre es un imbécil —respondo, estirando los brazos, preparándome para seguir pintando.

Nigel sonríe.

—Es cierto, pero debe estar pasando algo más esta semana. Su gilipollez está al máximo nivel.

Me río de las palabras de Nigel. No encuentro mucha alegría en este trabajo, así que estoy agradecido de tener un compañero de trabajo como Nigel que siempre puede alegrar mi estado de ánimo.

Construcción.

Pintura.

Si bien a algunas personas les encanta este tipo de trabajo, a mí no.

Nunca imaginé que estaría en la casa de otra persona haciendo realidad sus sueños. No pensé que estaría construyendo una terraza para otras personas. Yo quería jugar al fútbol.

Ahora tienes la oportunidad de hacer algo diferente, dice la voz en el fondo de mi cabeza.

—¿Qué estás pensando? —Nigel pregunta mientras toco la pared y confirmo que está lista para una segunda capa.

No he tenido tiempo suficiente para pensar en ello. Pero parece que la oportunidad está llamando a mi puerta y sería un tonto si no la tomara.

—El entrenador Morales se retira —le digo.

—¿Como tú ex entrenador de fútbol del bachillerato, ese? —pregunta Nigel. Él no fue a la escuela en Forest Pines.

Se mudó aquí hace tres años porque estaba buscando algo nuevo. Alejarse. Es curioso que le parezca una escapada venir aquí, mientras yo me siento atrapado.

—Sí, ese. —Él sabe sobre el entrenador Morales por nuestras conversaciones sobre mi tiempo jugando al fútbol en Bragan High.

—¿Y estás pensando en que él se retira porque ...? —Sumerjo el rodillo en el recipiente de pintura y comienzo a aplicar la segunda capa de azul.

Me encojo de hombros.

—Quieren que me haga cargo de su trabajo.

Escucho que algo cae y Nigel murmura algo en voz baja. Me vuelvo y veo que el cubo de pintura se ha volcado y la pintura azul está por toda la lona. *Gracias a Dios cubrimos eso antes de comenzar; de lo contrario, los pisos se arruinarían.*

Entro en acción. Al levantar el balde, uso mi rodillo para sacar la mayor cantidad posible de pintura de la lona. Lo enrollo en la pared y repito las acciones unas cuantas veces más hasta que obtengo toda la pintura que puedo sacar del piso. *No se puede desperdiciar pintura*, imagino la voz de Hollister en el fondo de mi cabeza.

Odio este trabajo.

—Gracias —dice Nigel cuando parece que todo está bajo control.

—Con mucho gusto.

—¿Entonces, quieren que seas el entrenador en jefe? —pregunta, volviendo a nuestra conversación.

—Sí, de hecho, acabo de recibir la oferta por teléfono.

—¿Qué dijiste? —Nigel presiona mientras se levanta de su lugar y se dirige a la pared frente a mí.

—Dije que sí. —Esa es la verdad. Acepté de inmediato sin pedir más detalles. No necesitaba más información, no la quería. Quería salir de este trabajo. El fútbol fue una vez mi sueño. Ser entrenador, sin jugarlo, es lo más cerca que voy a estar.

—¿Por qué sigues aquí? —Nigel pregunta, como en el momento en que acepté la oferta, debería haber salido por la puerta. Sabe que odio este trabajo.

Me encojo de hombros.

—No puedo simplemente dejar el trabajo.

—¿Por qué no? —pregunta, desconcertado.

—Necesito hablar con Hollister al respecto. Me gustaría avisarle con dos semanas de antelación, pero necesitan que entre mañana por la mañana.

—Él no va a estar feliz por eso. Si yo fuera tú, me iría ahora y no volvería a hablar con él.

—Tengo que hacer esto de la manera correcta. —Ya había planeado mi vida antes, solo para que el plan se fuera al infierno. No quiero tener que pasar por eso de nuevo. Quiero asegurarme de que realmente va a funcionar esta vez.

—¿Estás emocionado de empezar de nuevo?

Asiento con la cabeza. Estoy feliz de poder hacer algo que me encanta otra vez. Los últimos seis años de mi vida no han sido los mejores. Aunque empezaron de una manera muy distinta a lo que esperaba, no los cambiaría por nada.

Ni siquiera por ella.

2

No puedo creer que vuelva al lugar donde crecí. Forest Pines no fue un camino de rosas para mí la primera vez. No estoy muy segura de por qué creo que me va a ir mejor la segunda vez.

Pero a pesar de todas mis dudas, empaco mis cosas en maletas y me subo al carro.

Me acomodo para conducir hasta el lugar de donde vengo.

El lugar que he evitado durante mucho tiempo. Seis años, para ser exactos.

Mi teléfono suena cuando entro en la autopista para lo que será el viaje más largo de mi vida. Un viaje por el carril de la memoria.

—Hola —respondo presionando el botón en mi volante.

La voz de mi mejor amiga llena el vehículo.

—¡Qué pasa chica! —dice, haciéndome sonreír inmediatamente. Gracias a Dios, al menos esa relación sobrevivió al final del bachillerato. No sé qué habría hecho si ella también me hubiera dejado.

—¿Qué pasa, Emely? —digo, tratando de enmascarar la tristeza en mi voz.

—Ya sabes, viviendo como una reina, bebiendo piñas coladas junto a la playa —dice emocionada. Ella realmente ha estado viviendo la vida... Ojalá yo también lo hubiera hecho.

—¿Por qué me dejaste titularme como profesora? —le pregunto, sabiendo que nunca podría permitirme vivir la vida que Emely vive con mi salario. Por otra parte, no podrías pagarme lo suficiente para hacer lo que ella hace.

—Porque pensabas que la administración de empresas no era para ti —dice recordándomelo.

Asiento con la cabeza. Yo pensaba eso. Todavía lo hago. La enseñanza es mi pasión.

—Todavía desearía estar al lado de la playa en este momento con suficientes bebidas para calmar mis pensamientos —le digo.

—No es todo lo que parece. —No sé nada de eso. Emely siempre está tramando algo, siempre en una nueva aventura.

—¿Dónde estás? —pregunto. Es otoño aquí en el noreste, por lo que definitivamente no está en esta parte del mundo.

—¡México! Me encanta estar aquí —exclama.

—Mira, definitivamente no puedes quejarte de tu trabajo.

—Todavía puedo. Tengo una reunión con un cliente esta noche, así que solo descansaré hasta entonces —dice.

—¿Esta noche? Es domingo. ¿Dónde es está reunión con tu cliente? —pregunto, preguntándome qué tipo de cliente quiere reunirse en un fin de semana.

—Un club cerca de aquí... y antes de que digas algo, no es mi culpa que el cliente tenga varios y quiera mostrarme los alrededores para que pueda ver su negocio antes de hablar sobre cómo hacerlo crecer.

—Hacer crecer su negocio, tú dices —bromeo, desviándome para tomar la carretera que me lleva directamente a Forest Pines.

—Muy gracioso, Amari. De todos modos, te llamé y aquí estás tratando de distraerme de lo que quería preguntarte —. No me salió la jugada. Sabía que estaba llamando por esto, por la mudanza. Mi mejor amiga no lo olvidaría. No después de todas las lágrimas que me vio llorar.

Finjo no saber de qué está hablando.

—Solo quiero saber sobre tu última aventura —le digo, tratando de alejarnos del verdadero motivo detrás de su llamada.

—Mientras desvía preguntas sobre las tuyas —agrega.

—Realmente no voy a emprender una aventura —le digo.

—Vas a volver a casa.

No sé si puedo llamarlo así.

—Sí, voy a volver.

—¿Cómo te sientes? —pregunta Emely, sin perder ni un segundo y yendo directo al grano. No sé cuándo se convirtió en la chica que quería hablar de sentimientos, pero ahora mismo necesito a mi amiga de fiestas primero, preguntas después. No quiero pensar en mis elecciones. No quiero pensar en qué factores me impulsan a hacerlo.

—Estoy bien —le digo. Bien podría significar cualquier cosa, así que técnicamente no es una mentira.

—Bien, ya sabes lo que dicen que significa cuando una mujer te dice que está bien.

—¿No, qué dicen?

—Qué significa asustada, insegura, nerviosa y sensible. Entonces, si así es lo bien que te sientes, entonces no estás bien.

—Estoy... estoy bi... —empiezo a decir de nuevo, pero Emely me interrumpe.

—Amari, no me mientas. Somos como hermanas, siempre lo hemos sido. No nos mentimos la una a la otra.

—¿Qué quieres que te diga? —le pregunto, sabiendo que no me dejará en paz hasta que le dé lo que quiere.

—Dime la verdad —dice, adoptando un tono compasivo que rara vez escucho de ella. Normalmente se ríe de todo. Ni siquiera sé cómo tiene un trabajo corporativo. Supongo que es bueno que gire en torno al entretenimiento, por lo que encaja perfectamente con su personalidad.

Exhalo fuerte, tratando de reunir el valor para expresar mis emociones con palabras. Hablar de mis miedos.

—Sería mucho más fácil hablar de esto si estuvieras aquí en persona —digo, demorando.

—Lamento no estar allí para ayudarte con la mudanza. Ya me siento lo suficientemente mal como estoy, pero no pude reagendar —dice, con total naturalidad.

—No es tu culpa que tu trabajo haya avanzado en la reunión —le digo, estando de acuerdo con ella. Se suponía que debía estar aquí conmigo, pero, ay, el deber llama.

—Háblame, Amari —ella presiona.

—Estoy asustada.

—¿De volver a verlo? —dice, yendo directamente a la fuente de mis emociones.

Dejo escapar un suspiro. Verlo de nuevo es mi mayor temor.

—No he escuchado nada sobre él. De él. No tengo ninguna razón para pensar que todavía está allí. Pero una parte de mí no puede evitar... —Empiezo, pero lucho por dejar salir las palabras.

—¿Piensas en lo que pasaría si lo vieras de nuevo? —mi mejor amiga termina mi frase.

—¿Debería estar haciendo esto, crees que es estúpido? —pregunto, cuestionando mi decisión de regresar por millonésima vez desde que la tomé.

—No es estúpido, es una oportunidad. Serás directora de una escuela primaria —me dice las mismas palabras que me ha estado repitiendo desde hace un tiempo.

He sido profesora durante dos años en un sistema en el que siento que no puedo hacer nada. Se supone que sólo debo seguir órdenes, aunque sé que no es lo mejor para los niños. Se supone que esto es diferente.

—Cierto —le digo, de acuerdo con ella porque sé que tiene sentido.

—Esta es una oportunidad no solo para construir tu currículum, sino también para no tener que responder a cualquiera —agrega.

—Bueno... tengo que responder a la junta.

—También puedes vivir sola y no con compañeras de apartamento fastidiosas —dice Emely, ignorando mi comentario. He estado compartiendo casa con alguien toda mi vida adulta. Al principio era la universidad, y después de la universidad no podía pagar mi propio apartamento, así que me mudé con ella. Ahora puedo mudarme a mi antigua casa.

—Viví contigo —le recuerdo.

—¡Sí, y lo odiaba! —grita.

—No es mi culpa que seas desordenada. —Mi amiga es muy desordenada. Deja su ropa por todas partes; siempre sentí que tenía que ser su madre y organizar todo para ella. Sin embargo, es lo menos que podía hacer desde que ella me ayudó a recuperar mi vida del desastre que *él* dejó atrás.

—Como sea —ella responde y sé a ciencia cierta que está poniendo los ojos en blanco.

—¿Te quedas en casa de tus padres?

—Sí, ahí me voy a quedar. —Mis padres dejaron Forest Pines poco después de que yo lo hiciera. Siempre quisieron mudarse a algún lugar cerca de la playa, por lo que se establecieron en Newport, Rhode Island.

Sin embargo, nunca vendieron su casa. Dijeron que era el hogar de mi infancia y que siempre estaría allí. Me lo regalaron y me dijeron que podía venderla si quería.

Consideré ponerla en el mercado.

Quería.

Y a la vez no quería.

Sabía que mis padres esperaban que eventualmente regresara a mi ciudad natal. Evité volver a FP mientras ellos aún vivían allí, y se me ocurrió cualquier excusa que pudiera encontrar. Durante un tiempo, mis padres me visitaron y, cuando se mudaron, no tenía ninguna razón para volver allí. No hay razón para hacer un viaje de seis horas por el carril de la memoria.

Sin motivo hasta ahora.

Ahora, vuelvo para quedarme.

—Mira, es una buena elección y una oportunidad increíble.

—Con un alto riesgo. —Me arriesgo a volver a verlo y que todos los pedazos que recogí después de que me rompiera se derrumben de nuevo.

—Probablemente ya ni siquiera vive allí. Tenía muchas otras oportunidades, por lo que probablemente se haya ido sin ningún deseo de volver. —Sé que se supone que las palabras de Emely me deben hacer sentir mejor, pero la opresión que siento en mi pecho me hace cuestionar qué es lo que más temo. Verlo o saber que se ha ido. Que ha seguido adelante.

—Tienes razón.

—Y si él está allí, será mejor que me lo digas de inmediato para que pueda poner mi trasero en un avión y poner mi pie en su cara. —Sus palabras hacen que la tensión dentro de mí se disuelva en risa.

Cuando finalmente dejo de reír, le digo—: Te quiero.

—Yo también, chica. Yo también.

—Voy a estar mucho más lejos de ti ahora —me quejo.

—La distancia nunca nos ha mantenido alejados antes —me recuerda. Es verdad. Fuimos a universidades en diferentes estados, pero logramos mantener nuestra amistad a pesar de los cientos de millas entre ellos. Nos reuníamos tan a menudo como podíamos. Nos desahogamos la una con la otra. Hablamos por Skype y Facetime. Incluso desde lejos, ella me consoló mientras yo lloraba hasta quedarme dormida todas las noches durante semanas.

Por su culpa.

—¿Cuánto tiempo hasta que estés allí? —pregunta.

—Acabo de tomar la carretera, así que básicamente tengo unas seis horas—. No es lo suficientemente largo.

—Excelente. Bueno, tengo que prepararme para esta reunión. Envíame un mensaje una vez que entres y te instales y te llamaré tan pronto como pueda.

—Está bien.

—¿Y Amari?

—¿Sí?

—Recuerda que eres más fuerte de lo que crees.

—Lo sé, lo sé. —Cuelgo y pongo música a todo volumen mientras conduzco hasta el lugar del que me alejé hace seis años. Dejo que la música ahogue mis pensamientos, temerosa de que, si no lo hago, mis pensamientos eventualmente me ahogarán.

3

AMARI

Estaciono el carro, me sacudo los nervios y abro la puerta del conductor. La casa luce igual. La misma puerta verde. El viejo columpio del porche. El tapete de bienvenida. Es como si nada hubiera cambiado. Como siendo la palabra clave.

Hago que mis pies se muevan. No me molesto en sacar mis pertenencias del carro. En cambio, llego a la puerta de mi casa y entro en la casa de mi infancia. La mitad de mí espera que mis padres me encuentren al otro lado, pero sé que no lo harán.

Instantáneamente enciendo la luz y contemplo todos los alrededores. La casa se abre a la sala de estar, que encuentro todavía amueblada. Mis padres deben haberle pagado a alguien para que lo limpie porque huele increíble aquí. Estaban emocionados de saber que regresaría al lugar que llamamos hogar durante muchos años, así que estoy segura de que querían que entrara y no me preocupara mucho.

Camino por toda la casa, dejando que los recuerdos me guíen por cada habitación.

—¿Vas a regresar a casa? —Recuerdo a mi madre gritando por teléfono mientras le contaba sobre la oferta.

—¿Ella viene para acá? —mi papá gritó desde el fondo.

—No, no. Ella regresará a Forest Pines.

—Ponlo en altavoz. Quiero escuchar —le oí decir.

—Bien, bien —respondió mi madre.

—Me ofrecieron el trabajo como directora de la escuela primaria, así que pensé que debería darle una oportunidad —les dije, dándole a papá la noticia que ya le había dado a mamá.

—¡Ahora puedes usar la casa! —Ella exclamó.

Recuerdo que traté de reunir algo del entusiasmo que sabía que atravesaba el cuerpo de mis padres, pero no pude. No podía pensar en los buenos momentos que pasé aquí porque todos esos recuerdos fueron agriados por él.

Mi hogar ya no era un lugar seguro.

Pensaron que estaba tan ansiosa por finalmente regresar, pero yo no lo estaba. Ellos habían pensado que yo nunca volvería a casa porque estaba muy ocupada debido a la escuela. En cambio, vinieron a mí, visitándome cada vez que tenían la oportunidad.

Mis padres nunca supieron lo que pasó en el último año. Nunca les expliqué realmente por qué no quería volver. Por qué evité todas las historias que querían contarme sobre Forest Pines. Nunca supieron sobre el tipo que me rompió el corazón. No lo conocían ni el hecho de que él y yo estábamos saliendo.

Si lo hubieran hecho, habrían cuestionado mi elección de universidad, o mi decisión de ni siquiera postularme a la escuela de mis sueños porque tenía un sueño diferente que perseguir. Quería ir a donde él fuera. Eso fue estúpido de mi parte, ahora me doy cuenta.

Quizás lo hubieran juzgado por sus tatuajes. Sus calificaciones. La forma en que maldecía con cada frase que pronunciaba.

Ellos te habrían ayudado a evitar mucho sufrimiento. Recuerdo el hecho de que, si se lo hubiera dicho a mis padres, es posible que me hubieran impedido salir con él. Por otra parte, estaba tan enamorada de Christian que no creo que nadie pudiera haberme mantenido alejada de él. Él era mi todo. Pensé que yo significaba lo mismo para él. *Ese fue mi error*.

El resto de la conversación fue muy similar. Mis padres recordaron su tiempo aquí, pero me dijeron cuánto les encantaba vivir tan cerca de la playa. Les dije que deberían haberse mudado a Florida para poder nadar con la frecuencia que quisieran. Lo rechazaron, diciendo que les gustaba el invierno de Rhode Island. Les encantaba la playa, pero había algo que les encantaba más de estar allí y seguir experimentando todas las estaciones.

Antes de colgar, papá me dijo que los visitara y mamá me dijo que llamara con frecuencia. Prometí hacer ambas cosas y luego colgué el teléfono. Esa noche lloré hasta quedarme dormida. Algo que no había hecho en mucho tiempo.

Pensé que lo había superado a él. Por lo que él me hizo, pero la idea de volver al lugar donde lo dejé... o mejor aún, donde él me dejó, me trajo de vuelta las cicatrices que tanto he intentado tapar.

Sacudiéndome los pensamientos negativos de mi cabeza, salgo y agarro mi equipaje. Después de algunos viajes al carro y viceversa, me las arreglo para meter todas mis cosas dentro justo a tiempo para ver la puesta de sol.

Con las luces de la casa alejando la oscuridad, hurgo en la cocina en busca de algo de comer, esperando tener suerte. Lástima que la buena suerte no suele estar de mi lado. Nadie ha vivido aquí durante cuatro años, por lo que esperar encontrar algo comestible era una posibilidad remota. Supongo que casi esperaba que mis padres consiguieran a alguien que se ocupara de la comida también.

Agarro el teléfono, abro la aplicación y pido una pizza de pepperoni grande y un pastel de chocolate. Decido quedarme en casa. Me pongo el pijama y me acomodo en el sofá. Al encender la televisión, estoy agradecida de haber tenido la previsión de que los servicios públicos e Internet funcionaran antes de llegar aquí.

Cuando llega la pizza, le doy una propina al repartidor y llevo todo directamente al sofá. Decido ver una película de comedia, ponerme cómoda y dejar pasar las horas.

Empiezo el nuevo trabajo mañana.

Otras personas se habrían mudado un par de días antes, pero yo no.

No quería tener más días ahogados por mis pensamientos.

Christian Cole ya ha tomado suficiente de mí.

No es necesario darle tiempo para tomar más.

4

CHRISTIAN

HE ESTADO TENIENDO SUEÑOS DESDE QUE EL DIRECTOR Jackson me ofreció el trabajo ayer. Incluso de camino al trabajo esta mañana, no podía creer que hacia allí me dirigía. No pude evitar pensar en lo que podría haber sido. La carrera que debería haber tenido. El hecho de que tenga una segunda oportunidad, que, aunque no es tan buena como la primera, es algo.

El director Jackson me guía por el resto de la escuela, mostrándome el lugar que he visto muchas veces antes.

El bachillerato Bragan no es nuevo para mí. Asistí a esta escuela cuando estaba en el bachillerato. Entré a esta escuela como un niño rebelde al que no le importaba nada.

Descuidado.

Eso es lo que era yo.

Pero en estos pasillos, aprendí a preocuparme por una persona. Ella.

También tuve que despedirme de ella. Aquí. Todos vieron como rompía el corazón de la persona que más amaba. Romperla me destrozó.

Caminar por estos pasillos es un recordatorio de la vida que podría haber tenido con la persona que deje ir. A la que alejé. Pero quizás estar en estos pasillos sea también una segunda oportunidad.

Trabajé en la construcción durante seis años.

Yo extrañaba jugar fútbol. Yo extrañaba el deporte. Si bien entrenar no será lo mismo, cobrar por enseñar a otros sobre fútbol es la mejor opción.

—¿Estás listo para empezar? —Las palabras del director Jackson me devuelven al presente.

—Absolutamente. Solo dime cuándo —le digo después de que termina de explicarme cómo funcionan las cosas.

—El tiempo es esencial, así que necesitamos que empieces ahora —dice, como era de esperar. Teniendo en cuenta que los equipos comienzan a prepararse en agosto, ya estamos atrasados de donde deberíamos estar. El entrenador Morales no planeaba retirarse, pero por lo que me dice el director Jackson, su salud en deterioro fue el único factor en su decisión de irse.

—Puedo hacer eso —le digo, aunque no tengo idea de cómo funcionará eso con mi otro trabajo.

—No dudes en programar las prácticas según sea necesario. El fútbol en esta escuela no es lo que solía ser cuando tú estudiabas aquí. Estos chicos necesitan mucha orientación y ayuda si queremos ganar algún juego esta temporada

—Sólo déjamelo a mí. Me aseguraré de que lo hagamos —le digo, sonando más seguro de lo que me siento.

El director Jackson me sonríe.

—Eso es lo que estaba esperando —dice, dándome una palmada en el hombro—. Todos estarán aquí hoy después de la escuela. Saben que el nuevo entrenador está comenzando. Siéntete libre de hacer que te amen o te teman. Lo que sea que funcione para ti —agrega.

—Entendido. —He estado pensando en qué tipo de entrenador quiero ser desde ayer. No necesariamente me decidido en ese tema todavía, pero solo han pasado veinticuatro horas.

Al entrar en la oficina del entrenador en jefe, mi oficina, noto que todavía tiene el nombre del entrenador Morales.

—Nos aseguraremos de cambiar eso —me dice el director Jackson cuando me ve hacer una pausa y mirarlo.

—No me molesta. —El entrenador Morales fue un modelo a seguir—. El entrenador Morales me empujó a ser lo mejor que pudiera ser dentro y fuera del campo cada día.

No creo que pueda ocupar sus zapatos, pero lo intentaré.

El director Jackson mira su reloj.

—Muy bien, bueno, tengo asuntos administrativos de los que ocuparme. Sabes dónde está mi oficina si me necesitas.

—Gracias por todo —le digo, extendiendo mi mano para estrechar la suya.

—Es bueno verte, Christian. Estamos orgullosos de ti —él responde, sus palabras me pillan por sorpresa. Aparte de mi madre y *ella*, nadie me había dicho que estaban orgullosos de mí antes. Sin embargo, he decepcionado a mucha gente en mi vida, incluyéndome a mí.

Decepcionado conmigo mismo por no haber conseguido a la chica.

Porque no pude jugar al fútbol.

Porque cometí errores que no puedo corregir.

—Gracias —le digo, sin saber lo que hice para que se sienta orgulloso de mí, pero sin cuestionarlo tampoco. Este trabajo cayó en mi regazo cuando pensé que estaría atrapado en la construcción, volviéndome loco para siempre. Si no recuerda al Christian Cole que era en ese entonces, no voy a recordárselo.

El director Jackson sale de mi oficina y cierro la puerta. Sacando mi teléfono del bolsillo trasero, llamo inmediatamente a mi madre.

—Hola, ma —la saludo en el momento en que responde.

—Hola, Christian, ¿cómo estás? —pregunta, su tono dulce como siempre.

Tomo asiento y apoyo una de mis manos en el escritorio, admirando la imagen que he dejado. Es de nuestro equipo, de mí último año, después de ganar el campeonato. Miro la expresión de mi rostro, una sonrisa inusual. Entonces yo estaba feliz. No tenía ni idea de lo que sucedería a continuación.

Ahora estoy feliz, me recuerdo.

—¡Estoy bien, oficialmente tengo el trabajo! —Le digo a ella. No le había hablado de la oferta ayer porque quería asegurarme de que fuera real. Casi esperaba aparecer aquí solo para que el director Jackson se riera de mí y me enviara a empacar. Todo lo que le dije fue que me estaba entrevistando para el puesto de entrenador.

—¡¿En serio?! —chilla.

—¡Sí, empiezo a entrenarlos hoy!

—¡Eso es genial, hijo! ¿Notificaste tus dos semanas en el otro trabajo?— pregunta.

—No sé si puedo. La escuela necesita que empiece lo antes posible, así que dos semanas no va a ser suficiente a menos que Hollister me deje trabajar solo durante los fines de semana. Sin embargo, tengo a Ari, así que no quiero estar trabajando todos los días. Ya tengo mi primer entrenamiento hoy.

GIANNA GABRIELA

—Sé que no quieres irte con una mala nota, pero te encantará este trabajo mucho más de lo que te gustó el último —dice mi madre a sabiendas.

—Es verdad. Lo resolveré y te lo haré saber.

—Entonces, ¿estás ahí ahora? —pregunta con curiosidad.

—Sip. Simplemente sentado en mi escritorio —digo, mirando a mi alrededor y asimilando todo.

Puedo escuchar la emoción en la voz de mi madre.

—Te mereces esto.

No sé si merezco nada, pero no me molesto en abordar eso.

—Hablando de empezar hoy, ¿podrías hacerme un favor? —Odio pedir ayuda, pero me he dado cuenta de que criar a una niña requiere una aldea.

—Lo que sea por ti —responde mi madre. Esta mujer es un regalo del cielo. Nada de lo que hice, ni siquiera mi fase rebelde, que incluía ir a casa y decirle a mi madre que no iba a la universidad porque dejé embarazada a una chica, hizo que dejara de amarme y de estar ahí para mí. Ella siempre ha sido mi roca. Inamovible.

—¿Puedes recoger a Ari de la escuela hoy y quedarte con ella unas horas? —pregunto.

—¿Absolutamente, a la misma hora de siempre?

—Sí, señora. —Normalmente recojo a Ari, pero con la práctica después de la escuela eso no será posible. Realmente tengo que averiguar qué voy a hacer al respecto.

—Iremos a tomar un helado y tal vez incluso pararemos en el parque. —Mi mamá está muy ansiosa por darle a mi hija lo que quiera. Dice que su trabajo es mimar a su nieta.

Me río.

—No mucho helado. Iré por ella a tu casa tan pronto como termine aquí.

—Siempre puedo quedarme con ella durante la noche. Sabes que me encanta pasar tiempo con ella.

—Sé que así es. También me encanta pasar tiempo con ella.

—Ella es tu hija. Pasas todo el tiempo que quieras con ella —responde mi mamá.

Me río.

—No puedes quedarte con ella durante la noche, mañana hay escuela. Si lo deseas, puede quedarse contigo el sábado, ya que me reuniré con los jugadores los sábados por la mañana hasta la tarde para practicar.

—¡Perfecto! Te obligaré a hacerlo. Y vaya, ¿ya los estás obligando a hacer prácticas los sábados?

—Tenemos que hacer lo que tenemos que hacer para ganar. —Ganar es el objetivo.

—Estoy tan orgullosa de ti. —Vaya. Dos personas orgullosas de mí en un día. Eso tiene que ser un récord.

—Gracias por todo, mamá. Dile a Ari que la amo.

—Siempre lo hago.

5

AMARI

—Es un placer presentarles a la directora Santana —dice la directora de la junta directiva, Stephanie Walden, mientras me lleva al frente del salón.

—Hola a todos —digo, tratando de no sonar incómoda mientras saludo a los maestros de la Escuela Primaria Bragan—. Mi nombre es Amari Santana. De hecho, soy de esta ciudad, aquí me gradué del bachillerato.

Una risa nerviosa se me escapa, pero no lo encuentran divertido.

—No asistí a esta escuela primaria, pero eso es porque vivía más cerca de Middlestone —agrego, divagando. No puedo evitarlo; estoy nerviosa.

Miro alrededor del salón y noto las miradas desencantadas y desinteresadas de los maestros que son todos mucho mayores que yo y probablemente se preguntan qué diablos estoy haciendo yo dirigiendo su escuela primaria.

Empujo su silencio y escepticismo.

—Quería presentarme ante todos ustedes, ya que me haré cargo de las funciones del director D'Amico. Si tienen alguna pregunta, no duden en comunicarse conmigo. Mientras me familiarizo con la escuela, pasaré por sus salones haciendo mis rondas. Me gustaría aprender sobre sus estilos de enseñanza y conocer a los niños. En un par de semanas, tengo pensado organizar una reunión de padres y maestros para poder conocer a los padres también

Continúo hablando, no dejo que el silencio me desanime. Este es el trabajo de mis sueños y haré lo que sea necesario para que funcione.

—Si necesitan algún material para sus salones, avísenme. Sé que hubo recortes presupuestarios el año pasado, pero estoy segura de que podemos encontrar la manera de asegurarnos de que cada uno tenga lo que necesita. — Como esperaba, esas palabras iluminan los ojos de los maestros. Se miran y asienten, sus rasgos se suavizan. Me alegro de que haya funcionado. Todo lo que tendré que averiguar es de dónde sacar ese dinero.

Sé que la transición como alguien con menos experiencia será difícil. Pero estoy segura de que me ganaré su confianza en poco tiempo. En este momento, no tienen ninguna razón para creer que estoy calificada para hacer este trabajo. En honor a la verdad, realmente no sé lo que estoy haciendo. No sé lo que se espera que yo haga. Me entregaron las llaves de la escuela con poca dirección. Pero agarraré el ritmo pronto.

La enseñanza siempre había sido mi sueño, pero pronto me di cuenta de que me importaba más asegurarme de que los niños tuvieran lo que necesitaban que ser la persona en el aula que los instruía. Esta posición me brinda una mayor oportunidad de asegurarme de que tengan las herramientas para tener éxito.

De poner tener un impacto mayor.

No será solo mi salón de clases. Será en todas las aulas.

Quiero que los niños sueñen en grande. Que sepan que pueden llegar tan lejos como quieran. Quiero que persigan sus objetivos. Para hacer lo que pensaban que nunca se podría hacer. Y quiero ayudar a empoderarlos. Ser la directora aumenta mi capacidad para hacer precisamente eso.

La reunión termina treinta minutos después y me marcho con una sonrisa en los labios. Cuando termino, algunos de los maestros se acercan a mí para presentarse. Incluso los maestros que me miraron con escepticismo al principio se acercan a mí y me saludan. Parecían un poco más seguros al final de la reunión de que no iba a estropearlo todo.

Camino a mi oficina, cierro la puerta detrás de mí y luego tomo asiento en mi escritorio. Cerrando los ojos, respiro profundamente, liberando toda la tensión y ansiedad que he estado conteniendo.

Un golpe en la puerta me asusta.

—Hola, lamento interrumpir —dice Hannah, a quien me presentaron anteriormente como mi asistente. Tiene más o menos mi edad y realmente espero que no crea que estoy durmiendo. En el trabajo. En mi primer día.

—No te preocupes, solo estaba... —Comienzo, asegurándome de que ella no tenga una impresión incorrecta.

—¿Tomando una respiración profunda? —Termina por mí y yo sonrío, aliviada de que no me esté juzgando.

—Sí, eso fue mucho —le digo con sinceridad.

—¿No esperabas tener este trabajo tan temprano en tu carrera? —pregunta y no siento ningún juicio en su voz, solo curiosidad.

Asiento con la cabeza.

—He estado enseñando durante dos años. Pensar que ahora estoy a cargo, básicamente de todo y de todos, es mucho por asimilar.

Camina entrando en la oficina y se sienta en una de las dos sillas frente a mi escritorio.

—Todavía sigues enseñando.

—¿Qué quieres decir? —pregunto, un poco confundida.

—Estás enseñando a los maestros cómo ser mejores maestros. Estás enseñando a los estudiantes sobre las responsabilidades de sus acciones. Todavía vas a estar enseñando, así que piénsalo de esa manera.

Nunca pensé que este puesto fuera uno en el que todavía podría enseñar.

—Pensé que este trabajo consistía en descubrir lo que todos necesitaban y hacerlo realidad.

—Ese es tu trabajo principal, pero esta es una escuela primaria. De tu época de enseñanza, sabes que los niños son esponjas que lo absorben todo. Ellos aprenderán de ti, lo quieras o no.

Yo sonrío. Eso es verdad. Decido ser más confiada que de costumbre y le hago algunas preguntas a Hannah—. Entonces, sé honesta, ¿estoy loca por haber aceptado este trabajo?

Ella niega con la cabeza.

—Disparates. En todo caso, eres exactamente lo que necesitamos. Un soplo de aire fresco. Nuevas ideas. Energía nueva.

—¿Crees que los otros maestros apreciarán una nueva perspectiva de alguien que no lo ha estado haciendo tanto tiempo como ellos y ahora puede decirles qué hacer? —pregunto con sinceridad.

—Absolutamente. No sucederá a la primera, pero la mayoría de ellos se incorporarán. Mientras hagas un buen trabajo, no importa cuánto tiempo lo haya estado haciendo.

—¿Cómo empiezo a tenerlos de mi lado? —pregunto. Realmente quiero gustarles porque eso haría mi trabajo mucho más fácil.

—Ya has comenzado. Esa frase sobre acudir a ti si no tienen recursos, definitivamente te hizo ganar algunos puntos.

—¡Eso es lo que estaba buscando! —Lo cierto es que me gusta hablar con Hannah. A pesar de que la conocí hoy, su personalidad ya me hace sentir cómoda.

—Estarás bien —dice con la certeza que me falta. Sus palabras y su confianza infundada en mí me están ayudando a creer que, de hecho, puedo hacer esto. Volver aquí es un riesgo que nunca pensé que tomaría. Pero espero haber tomado la decisión correcta.

6

CHRISTIAN

—¡Papi, estoy en casa! —Escucho a Ari gritar mientras atraviesa la puerta principal de nuestra casa—. ¡La abuela y yo salimos de nuevo!

Es viernes y yo no he podido recoger a Ari de la escuela toda esta semana. Mi mamá me ha estado ayudando y se ha quedado con ella hasta que salgo del trabajo, pero extraño a mi pequeña.

—¿A dónde fueron? —le pregunto mientras salgo de la cocina y me encuentro con ella en la sala de estar.

—Ella me llevó a tomar un helado otra vez —su enorme sonrisa lo dice todo.

La levanto del suelo, y la cargo, abrazándola con fuerza.

—Tu abuela siempre te está mimando.

—Eso es porque soy una princesa —dice resueltamente.

Asiento con la cabeza.

—Sí, eso es cierto.

—Y una guerrera —agrega y sonrío.

—También es verdad —le digo, besando la parte superior de su cabeza.

—Y una luchadora —me río de ese último.

—¿Pero no te metes en peleas, verdad? —Eso no es algo que nunca quisiera que hiciera. Defenderse a ella misma, sí. Le enseño a defenderse siempre. Pero no a buscar peleas. Quiero criarla para que sea mejor que yo.

Ella niega con la cabeza.

—No, papá. Lo que quiero decir cuando digo que soy una luchadora es que no me rindo.

—Ohhh, entonces no eres una cobarde —le aclaro y ella asiente.

—¡Exactamente! —Sus brazos me abrazan con fuerza mientras la levanto y nos acerco a la cocina—. Entonces, ahora que te has comido tu helado, ¿crees que tienes espacio en tu estómago para cenar?

—En unos minutos volveré a tener hambre.

La dejo en el suelo cuando llegamos a la cocina.

—¿Quieres subir, ducharte y ponerte el pijama? Entonces tal vez tengas suficiente hambre para comer.

—¿Y luego podemos ver una película, papi? —pregunta.

Al igual que mi madre, tampoco puedo decirle que no, así que supongo que todos estamos malcriando a Ari. Ella es buena niña, se merece todo lo que pueda darle y más.

—No lo sé —le digo, poniendo una resistencia que sé que no durará.

—Por favor, por favor —suplica, mirándome con los ojos de cachorro que sabe que le dan lo que quiere cada vez. Me agacho para estar cara a cara.

—Dame tres razones por las que deberíamos ver una película —le digo—. Y luego veremos si eso me convence.

Leí en algún lugar que permitir que los niños prueben y usen argumentos para convencerte de que hagas lo que ellos quieren les ayuda a desarrollar su inteligencia, así que he estado haciendo que Ari lo haga.

Miro el rostro de mi hija mientras piensa en las tres mejores razones que podría usar para convencerme. La realidad es que no tiene que esforzarse tanto, definitivamente estamos viendo una película. Sin embargo, mi mamá siempre decía que todo es un momento de enseñanza, así que la dejo continuar.

—Primero, hoy es viernes. Entonces, es el inicio de fin de semana —comienza a contar sus razones con los dedos —. El fin de semana significa tiempo para descansar de una semana larga.

—Está bien, esa es una. —Todavía tenemos que levantarnos temprano mañana. Tengo que dejarla de nuevo en casa de la abuela e ir a la escuela para otra sesión de práctica.

—Dos... —Comienza—. Guardo todos mis juguetes y mi habitación está limpia.

—Habitación limpia, eso me gusta. ¿Cuál es la razón final?

Ella me da su sonrisa ganadora.

—Porque me amas. —Esa no le haría ganar un debate real, pero me funciona todo el tiempo.

Me río.

—Eso es cierto, pero esa no es una razón real para ver una película.

—¡Sí lo es!

—Voy a dejar que te salgas con la tuya esta vez —le digo, sabiendo muy bien que siempre la dejaré salirse con la suya.

Ella me besa en la mejilla.

—Gracias, papi. Bajaré rapidísimo.

—¿Qué quieres para cenar?

—¿Puedo comer macarrones con queso? —Sabía que iba a decir eso. Estaba tan seguro de ello que los macarrones con queso ya están en el horno.

—Por supuesto que puedes, Ari.

—Eres el mejor papá del mundo —me dice. Lo dudo, pero definitivamente estoy tratando de ser el mejor padre que puedo ser para ella. Haré cualquier cosa por esta niña. Ella es mi mundo.

Ella comienza a alejarse, pero, antes de desaparecer de mi vista, le hago una pregunta más.

—¿Qué película quieres ver? —Lanzo una oración para que la respuesta no sea la que creo que será.

—Moana, por favor —dice, exactamente lo que temía que hiciera.

—¿Estás segura? —le pregunto, pero lo que quiero decir es, ¿de verdad quieres ver esta película por décimo fin de semana consecutivo?

Ella asiente con entusiasmo.

—Me encanta Moana.

—Está bien, Moana será. —cedo. Cuando se trata de Ari, no hay nada que no haría para hacerla feliz. Nada que no haría para ver la sonrisa en su rostro que hace que todos mis errores estén bien.

—¡Volveré pronto! —dice, desapareciendo por el pasillo. Mientras espero, empiezo a poner la mesa de la cocina.

Diez minutos después, suena mi teléfono. Lo saco del bolsillo trasero y mi estado de ánimo se agria instantáneamente cuando miro el identificador de llamadas. Katie está llamando.

Katie es la mamá de Ari, o al menos la mujer que la parió. Nunca estuvimos realmente juntos. Tuvimos una noche loca después de que me emborraché y la vi en una fiesta. Caminó hacia mí, rozó sus manos con las mías y me condujo a una habitación vacía. Me rendí. Era una chica bonita y yo estaba pasando por un momento difícil.

Fue una noche de sexo que cambió mi vida.

Me gustaría pensar que lo cambió para mejor, quiero decir, tengo a Ari, pero también causó algo de caos en el proceso.

Pienso en no contestar la llamada, pero sabiendo que eso no hará nada para mantenerla alejada, respondo en su lugar, esperando que cuanto antes hable con ella, más rápido podré colgar.

—¿Hola, estás ahí? —dice en el momento en que me acerco el teléfono al oído.

—¿Qué quieres? —pregunto al instante, sin ocultar mi falta de deseo de hablar con ella. Siempre que llama es para no preguntar cómo está Ari. Siempre se trata de otra cosa. Algo que ver con ella.

—Bueno, estoy pasando por un momento difícil —ella comienza y puedo decir al instante a dónde va esto.

—¿Que necesitas? —pregunto de todos modos.

—Mis padres me quitaron el dinero... —explica y yo pongo los ojos en blanco. Siempre es la misma historia.

Una risa seca se me escapa.

—¿Y? —Nunca me agradaron los padres de Katie. Yo tampoco les agradé nunca. Cuando Katie se dio cuenta de que estaba embarazada de mi hijo, sus padres le dieron un ultimátum. Ella podría deshacerse de *eso* o perder sus millones de dólares de herencia.

Ella eligió tener a Ari y estoy muy contento de que lo haya hecho porque esta niña es mi todo. Le debo a Katie por tomar esa decisión y solo eso. Porque cuando Katie se dio cuenta de que sus padres se tomaban en serio quitarle millones de dólares, membresías a clubes de campo y todos los lujos con los que había crecido, deseó haber elegido de otra manera.

Pude ver el arrepentimiento pintado en su rostro.

Al principio, me sentí mal por Katie y su familia por excluirla. Pero entonces, un día me desperté con el timbre. Ella estaba de pie al otro lado de mi puerta con manchas de lágrimas en sus ojos y mi hija en sus brazos.

Fue entonces cuando cambió su elección.

Ella "se deshizo de la niña" de la única manera que podía ahora.

—No puedo hacer esto... —me dijo mientras lloraba incontrolablemente. Me pregunté a qué se refería. La chequeé con mis ojos para asegurarme de que estaba bien, que nadie la seguía. Que ella no estaba herida.

—¿No puedes hacer qué? —pregunté, tomando a Ari de sus manos para que no se enfermara por estar afuera en el frío helado.

—No quiero ser pobre. No quiero esta vida. No la pedí.

—Ninguno de los dos la pidió. —Pero ambos fuimos imprudentes.

—Pero tú... no perdiste nada y yo lo estoy perdiendo todo —respondió. Katie no me conocía en absoluto. Supongo que pensó que debido a que mis padres no me estaban quitando los millones de dólares que nunca tuvimos, nuestra única noche no había afectado mi vida también. Ella no podría estar más equivocada. Perdí más de lo que ella podría ganar con dinero.

—Quiero recuperar mi antigua vida —dijo Katie mientras comenzaba a llorar incontrolablemente. Quería entenderla. Quería sentirme mal por ella, pero con mi hija en mis brazos, no podía. No podía sentir empatía porque ella no quisiera a nuestra hija, porque ella quería todo el dinero en su lugar. Que extrañara el dinero más de lo que amaba a nuestra hija era algo que no podía entender.

No la culpé por pensar en su antigua vida. Yo también pensé en la mía. Quería a la chica a la que tenía que dejar ir porque no quería arruinarla. No quería que ella se decepcionara de mí. O peor aún, quedarse conmigo. No la merecía. Quería muchas cosas, pero tenía nuevas prioridades. Ahora tenía una hija y necesitaba estar allí para ella más que nada. Katie se negó a hacer eso.

—No podemos simplemente volver a donde estaban las cosas —le dije, tratando de hacerle entrar en razón.

—Puede que tú no puedas, pero yo sí puedo. —Esas

fueron las palabras que me dijo antes de alejarse de nuestras vidas.

No llamó durante un año. Un año entero no supimos nada de ella mientras estaba sola. Katie no se molestó en ver cómo estaba su hija. Se perdió, por elección propia, de los primeros pasos, las primeras palabras, el primer cumpleaños.

Traté de llamarla. Intenté ir a la casa de sus padres y asegurarme de que estaba bien. Sus padres me mostraron alegremente fotos de Katie en un bote con algunos amigos en lo que me dijeron que era México. Me alejé de esa casa ese día y perdí todo el respeto por ella. Concentré toda mi atención en mi hija. No iba a abandonar a Ari como había hecho Katie. Prometí ser mamá y papá para ella.

—¿Crees que podrías enviarme algo de dinero? —La voz de Katie me devuelve al presente.

Me muerdo la lengua para no decir lo que quiero.

—¿Por qué habría de hacer eso? —digo mis palabras lo suficientemente bajo para que nadie más las escuche. Cualquier dinero que tenga, lo necesito usar para asegurar el futuro de mi hija, no para financiar las vacaciones de su madre ausente.

—Porque me debes una.

—¿Por qué te debo? —pregunto, entreteniendo sus ridículas palabras.

—Te di a Ari. —Vaya.

—Ella no es un juguete ni un regalo. Ella es una niña —
me detengo de maldecir—. No te debo nada. No vuelvas
a llamar.

Luego cuelgo el teléfono cuando veo a Ari caminando
hacia la cocina.

Se sienta en el asiento opuesto al mío.

—¿Quién era? —pregunta.

—Nadie importante —le digo, tratando de sonar tran-
quilo y sereno, aunque por dentro estoy echando humo.

—¿Era mi mamá? —pregunta y por un segundo desearía
que no fuera tan inteligente como lo es. Ojalá fuera una
bebé y no pudiera notar la ausencia de su madre.

Me prometí a mí mismo que nunca le mentiría, así que
asiento.

—¿Ella está bien? —pregunta. Su madre no se molestó
en preguntar cómo estaba Ari y, sin embargo, eso es lo
primero que le viene a la cabeza a mi hija de seis años.

—Ella estará bien —le digo. Sus padres la sacarán de
apuros. Mientras ella haga lo que ellos quieren, siempre
vendrán a rescatarla.

—Eso espero —dice Ari y puedo decir que tiene algo en
la cabeza. Apuesto a que tiene un millón de preguntas
que todavía no puede expresar con palabras. Algún día
tendré que empezar a responderlas.

—¿Estás lista para comer macarrones con queso? —Le pregunto, cambiando efectivamente el tema de la conversación y haciendo sonreír a mi hija.

Ella asiente con entusiasmo.

—Macarrones con queso y Moana.

Terminamos de cenar y pongo unas palomitas en el microondas.

—¡Vuelvo enseguida! —Dice Ari, y sale corriendo de la cocina.

Cuando las palomitas de maíz están listas, me dirijo a la sala de estar preparándome para que comience la tortura.

—Comenzaré la película sin ti —grito en broma, sabiendo que en el momento en que lo diga qué Ari reaparecerá mágicamente.

—¡Todavía no, ya voy! —grita desde su dormitorio.

Busco la película en Netflix. Segundos después, Ari entra y lo primero que noto es que ya no usa su pijama.

—¿Qué pasó con el pijama? —pregunto, aunque sé la respuesta. Me sorprendió que estuviera usando su pijama en primer lugar. Los viernes por la noche están reservados para vestidos de princesa y Moana.

—Necesitaba usar esto para poder ser una princesa también —dice señalando su vestido. Lleva un vestido azul, como los que ves en los programas de televisión, mi mamá lo compró junto con una tiara.

—¿Qué estás escondiendo ahí atrás? —pregunto cuando me doy cuenta de que una de sus manos todavía está detrás de su espalda.

Ella me da una sonrisa traviesa.

—Cuando estaba con la abuela, te compré algo para ponerte.

—¿Algo para que me ponga? —pregunto, preguntándome qué podrían haberme conseguido las dos.

—Sí —dice, llevando las manos hacia adelante—. ¡Te conseguí una tiara propia!

Miro la tiara que me sostiene.

—Está bonita.

Ella asiente.

—Lo es. Quería que la usaras para que los dos podamos ser princesas.

Miro la emoción y el amor en sus ojos mientras tomo la tiara de sus manos.

Se la devuelvo y me bajo del sofá al suelo.

—¿No quieres usarla? —pregunta, retirando la tiara, un puchero reemplazando lo que una vez fue una sonrisa.

—Creo que deberías ponérmela. No quiero estropearlo. La corona de una princesa nunca debe estar torcida, ¿verdad? —pregunto y la sonrisa regresa. En momentos como estos me siento en la cima del mundo, como si estuviera haciendo todo bien.

Ella me sonríe.

—¡Sí, te la pondré y luego quedará perfecto! — dice, colocando la tiara en mi cabeza.

Levantándome del suelo, giro.

—¿Cómo se ve esto? —pregunto mientras poso para ella.

—¡Te ves guapísimo! —dice, aplaudiendo animadamente.

—¿Estás lista para ver la película ahora? —pregunto, dándome cuenta de que se hace tarde.

—Sí, pero tienes que mantener la tiara puesta todo el tiempo que veamos la película.

—No me atrevería a quitármela —le digo.

Presionamos reproducir y comenzamos la repetición número treinta millones de Moana. Treinta minutos después de la película, Ari se queda dormida, como siempre lo hace, y termino de ver la película solo, con la tiara todavía en la cabeza y todo. Prometí que no me lo quitaría hasta que terminara la película y dejé de romper promesas hace mucho tiempo.

7

Cierro la puerta de mi casa y me doy la vuelta. Me doy un momento para observar lo que me rodea. Hace una semana, estaba loca de miedo acerca de con quién podría encontrarme al regresar. Estaba preocupada por un millón de cosas diferentes. No quería estar aquí.

Si quería, pero no quería.

En este momento, veo cómo el viento se levanta lentamente y las hojas se mueven con él. El rojo anaranjado de las hojas me recuerda una caída que no pude apreciar mucho mientras estaba fuera. El otoño siempre ha sido mi estación favorita y, al ver todos los árboles que me rodean ahora, sé que todavía lo es. Donde vivía antes había otoño, pero aquí es diferente, es mejor.

Hay algo en los árboles que se preparan para soltar todo lo que me anima a hacer lo mismo. Los árboles pierden sus hojas todos los años, pero no mueren. Permanecen de pie, y después del frío, la nieve y las lluvias, les vuelven a crecer las hojas. Todos los años. Como un reloj. No se dejan vencer.

Hoy, decido tomar una página del libro de jugadas de la madre naturaleza. No me rendiré. No me retiraré. Voy a seguir adelante sin importar lo que se me presente.

Sonrío para mí misma, sintiendo que realmente estoy progresando después de sentir que he estado estancada durante años.

Mirando mi reloj, me doy cuenta de que es hora de irme. Ha pasado una semana y el trabajo se sigue acumulando en mi escritorio. Entre planificar una junta de padres y maestros y reunirme con todos los maestros para ver qué necesitan, tengo una cantidad insuperable de tareas que realizar.

Los alumnos de cuarto grado van a hacer un viaje al zoológico. Los alumnos de primer grado van al acuario. Y los de quinto grado están teniendo un día de campo. Ah, y no olvidemos también el baile de padre e hija en el calendario.

Al abrir y entrar en el lado del conductor de mi automóvil, me doy cuenta de que, independientemente de todo el trabajo que me espera, lo estoy disfrutando. Encendiendo el carro, salgo del camino de entrada. Unos minutos después, suena mi teléfono y hago clic en el botón del volante para responder.

—¡Hola, chica, hola! —La voz de Emely llena el vehículo.

—Vaya, alguien ha vuelto a la vida —le digo. No he hablado con ella en una semana. Una semana entera. De acuerdo, no la llamé porque todo era un poco caótico, pero la haré pasar un mal rato por no llamarme de todos modos. Eso es lo que se supone que deben hacer las mejores amigas.

—¿Qué quieres decir? —pregunta, tan despistada como siempre.

Reduzco la velocidad cuando me acerco a un semáforo en rojo.

—Quiero decir, he estado aquí una semana entera y no me has enviado un mensaje ni me has llamado para asegurarte de que estaba viva. —

—¡Eres tan dramática! —dice, riendo desde el otro lado de la línea.

Sonrío para mí misma y sigo conduciendo cuando el semáforo se pone verde.

—Sólo digo qué si me hubiera pasado algo, sería demasiado tarde para que hicieras algo.

—Bueno, afortunadamente estás bien.

—No lo sabes.

—Yo puedo notarlo.

—¿Cómo es eso?

—Porque si algo malo hubiera sucedido realmente, me habrías llamado para decírmelo en lugar de esperar a que te contactara—. Eso es verdad. Cuando mi mundo se vino abajo, ella fue la primera persona a la que acudí. Fue la primera vez que me salté una clase. La primera vez que violé las reglas, pero no había forma de que me quedara en la escuela ese día después de lo que acababa de enterarme. Era el último día de clase, así que no importaba.

—Eso es verdad.

—Te conozco tan bien —dice Emely triunfalmente.

Al girar a la derecha, inmediatamente veo la Primaria Bragan. Está en la misma franja que el bachillerato, solo que un poco más retirado.

—¿Cómo estás? Te he extrañado.

—Yo también te he extrañado. Me quedé en México esta semana. El cliente quería que yo tuviera más exposición a su negocio.

—¿Y ese es el verdadero negocio o estás tratando de decirme algo? —pregunto riendo.

—No, el verdadero negocio. Sus discotecas. Ha intentado coquetear conmigo, pero es como veinte años mayor que yo, lo cual no es necesariamente algo malo, pero definitivamente tampoco es mi tipo.

—¿Él coquetea contigo?

—Sí... —dice, sonando un poco frustrada. Emely es hermosa y soltera, pero no por falta de hombres haciendo fila en su puerta. Su estado civil es una elección personal.

Al entrar en el estacionamiento de la escuela, transfiero la llamada del sistema de altavoces del carro a mi teléfono.

—¿Qué hiciste?

—Ignorarlo, como siempre lo hago —dice ella, cambiando el tema—. cerramos el trato, así que estoy manejando oficialmente su cuenta. El trabajo me dio una bonificación muy buena por conseguirlos, así que, ¿qué piensas sobre escaparte este fin de semana que viene?

Apago el carro y reflexiono sobre su oferta.

—No creo que pueda salir un fin de semana todavía.

—¿Por qué no?

—¿Qué pasa si necesitan algo en la escuela? —Le digo a ella.

—Eres directora de escuela primaria, no una socorrista. Sobrevivirán. —Incluso si lo hicieran, se siente demasiado apresurado para hacer un viaje de fin de semana cuando todavía estoy tratando de averiguar qué estoy haciendo. No creo que haya comprado suficientes alimentos para toda la semana. Hay algunas cosas que reparar en la casa. Necesito comprar más ropa. Están pasando demasiadas cosas como para tomar un descanso.

—Eso es cierto, pero tengo muchos eventos escolares por venir, así que quiero instalarme adecuadamente antes de irme de nuevo.

—Vaya, al principio no querías ir allí y ahora no quieres irte de allí —dice, recordándome mi vacilación por venir aquí.

Salgo del carro, lo cierro y empiezo a caminar hacia la puerta principal.

—Me gusta mucho mi trabajo.

—Es bueno escuchar eso —ella responde y puedo sentir el alivio en su voz—. Esto es lo que haré. En lugar de que vayamos a otro lado por un fin de semana, iré a verte—. Esa es una idea mucho mejor.

—¡Me encantaría eso! Te extraño mucho y no puedo esperar a verte—. Entro a la escuela y saludo a algunos de los maestros que veo que se dirigen a sus respectivas aulas.

—Será mejor que me extrañes, soy tu mejor amiga después de todo. Déjame confirmar con mi jefe sí en realidad tengo este fin de semana libre y luego te lo haré saber.

—Fantástico, no puedo esperar a verte. Bueno, tengo que...

—Tienes que colgar —dice, terminando mi oración.

—El deber llama.

—Te estás tomando esto demasiado en serio —bromea.

—Es un trabajo importante.

—Educar a nuestro futuro —responde, citando una frase que le diría cada vez que hablábamos de por qué me estaba especializando en educación.

—Está bien. Asegúrate de que nuestro futuro esté en buenas manos. Te llamaré más tarde.

Voy por una última provocación porque no puedo evitarlo. Es divertido pinchar a mi mejor amiga.

—¡Y con más tarde te refieres a en una semana más!

—¡Para! —replica.

—Adiós —digo, colgando la llamada.

Cuando llego a la oficina, me doy cuenta de que Hannah aún no está en su escritorio. Dirigiéndome directamente a mi oficina, me quito el abrigo y lo cuelgo en el perchero, luego tomo asiento en mi escritorio. Unos minutos más tarde, saco mi teléfono del bolsillo cuando vibra con un mensaje de texto entrante.

Emely: Reina del drama. Quizás deberías haberte dedicado a la actuación.

Yo: Lo consideraré para cuando me jubile.

Emely: ** Ojos en blanco ** Adiós.

Yo: Yo también te quiero.

Emely: Siempre.

Amo a mi mejor amiga. No puedo enfatizar eso lo suficiente. Ella ha estado en mi vida durante diez años. Ella conoce todos mis miedos, todos mis sueños y deseos. Ella sabe cuándo estoy enojada o feliz. Cuando necesito que me escuche o cuando necesito que me disuada de hacer algo estúpido.

Ella me conoce tan bien que no se molestó en preguntar por él y la aprecio mucho más por eso de lo que nunca se dará cuenta.

8

CHRISTIAN

LLEGO A MI NUEVO TRABAJO SINTIÉNDOME MÁS RENOVADO Y con más energía de lo que me he sentido en años. A pesar de que solo ha pasado una semana, el equipo lo está haciendo mejor y yo también. No he sido el miserable imbécil que soy normalmente, incluso Nigel me dijo esto mientras tomábamos unas copas el sábado por la noche. Es una locura lo de volver al campo de fútbol, el lugar donde sobresalí en el bachillerato afecta el estado de ánimo de una persona.

No estoy jugando fútbol profesional, pero al menos no estoy pintando las casas de otras personas para ganarme la vida. Eso no es una ofensa para las personas que lo hacen, es una profesión rentable que algunos disfrutan, pero no era lo que yo quería.

Siempre quise tener un balón de fútbol en la mano. Quería llamar las jugadas. Para ejecutar el juego. Estar en la cancha. Quería la emoción de ganar. Siempre me sentí invencible cuando estaba allí. Me sentí como si estuviera en la cima del mundo. Aunque todavía no tengo ese sentimiento exacto, está bastante cerca.

Entrenador Cole no es un título que me imaginaba tener, al menos no tan temprano en mi carrera, pero lo aceptaré. Este equipo no ha ganado un campeonato en mucho tiempo y estoy tratando de averiguar cómo cambiar eso. Tengo algo que demostrar y todos estos chicos también. Puedo decir que quieren ganar. Están sedientos de un trofeo de campeonato. Quieren acabar con la sequía.

Muchos de ellos me expresaron su deseo de causar sensación para que las universidades los miren. Haré todo lo posible para darles la oportunidad que arruiné para mí, la oportunidad de jugar a un nivel superior. Jugar al fútbol profesional. Para seguir sus sueños.

Yo tuve que abandonar el mío.

Sin embargo, no me arrepiento porque tengo a Ari y ella es mi mundo.

Ojalá no hubiera perdido a nadie más en el proceso. Si hay algo que desearía no tener, serían los recuerdos. Mientras camino por los pasillos, no puedo evitar recordar el pasado. Recordar cada beso robado de sus labios. Cada hola y adiós. Al pasar junto a su casillero, me acuerdo del primer día que sentí que me miraba mientras pasaba. Las palabras que compartió con su mejor amiga y que pensó que no podía escuchar.

Estar en esta escuela me recuerda lo que perdí todos los

días. Supongo que ese es mi castigo. Me lo merezco. Me dirijo al vestidor sabiendo que seré el primero en llegar. Estoy aquí antes que los entrenadores asistentes porque quiero terminar de escribir las notas sobre los jugadores que he estado observando. Quiero idear un plan. También quiero armar el calendario de prácticas para el resto del año. Tenemos que prepararnos si queremos ganar.

Al llegar a la puerta del vestidor, mi cabeza recuerda las muchas veces que ella esperó ansiosamente a que yo saliera después de cada juego en casa. Ella siempre tenía una sonrisa en su rostro y una mirada de orgullo en sus ojos. Ella me hizo querer volver al campo y jugar el juego una y otra vez.

Ella era demasiado buena para ti, me dice mi cabeza, pero no es como si lo hubiera olvidado. No ser lo suficientemente bueno para ella fue una píldora que me tragué en el momento en que comenzamos a salir y todos los días desde entonces. Por eso traté de ser el mejor novio que podía ser. Pero no había mucho que pudiera hacer para volver de lo que yo había hecho.

Nada podría salvarlo. *Ni a nosotros*.

No podía seguir mintiéndome a mí mismo pensando que de alguna manera podría ser bueno para ella.

Tenía que ser bueno con ella ... Y para hacer eso, tenía que dejarla ir.

Después de que finalmente saco esos pensamientos de mi cabeza, me pongo a trabajar. Entro en mi oficina y comienzo a preparar las cosas. Entre programando las prácticas, el tiempo de ver los vídeos, el tiempo del juego y todo lo demás, no había espacios vacíos en mi calendario.

Con una semana completa en mi haber, tuve la oportunidad de ver a todos nuestros jugadores. Observé cada uno de sus movimientos, analizándolos. Escribí notas sobre sus debilidades y fortalezas. Tenía un plan personalizado para la mayoría de ellos. No he tenido el tiempo suficiente para hacer un plan personalizado para todos ellos, así que esa es la siguiente tarea en mi lista. Mirando hacia abajo en mi calendario, miro dónde he marcado nuestro primer juego. Dentro de dos semanas. Dos semanas hasta que nos enfrentemos a nuestro primer oponente. Dos semanas para que este equipo esté listo para el campeonato y lo estará. Su éxito es mi éxito y ya he perdido lo suficiente en mi vida como para seguir perdiendo.

Miro mi reloj. Los chicos no salen de clase hasta dentro de una hora, lo que significa que he pasado casi siete horas preparando las cosas. Mi hija debería salir de la escuela al mismo tiempo que los chicos se apiñan en el vestidor.

Decido llamar a mamá y recordarle que recoja a Ari. Solía poder recogerla todos los días, pero con tiempos de práctica conflictivos, eso es algo que ya no puedo hacer.

El teléfono suena unos segundos antes de que mi mamá conteste.

—Hola —me saluda.

—Hola mamá, solo estaba llamando para reco...— me interrumpe.

—Para recordarme que recoja a Ari de la escuela a las dos y media —ella termina.

—Exactamente.

—Yo lo recuerdo. Yo también tuve una vez un hijo, ¿sabes?

—Sí, sí, solo quería asegurarme de que no lo olvidaras.

—No dejaré a mi nieta varada. Tú preocúpate por conseguir que el bachillerato de Bragan, sea el próximo campeón y yo me preocuparé por recoger a mi nieta todos los días.

—Gracias de nuevo por encargarte de eso. Le pagaré a alguien para que lo haga pronto —le digo. Estoy agradecido por su ayuda, pero se supone que la jubilación se trata de que ella descanse, no de asumir mis responsabilidades. Solo necesito un poco más de tiempo para ahorrar algo de dinero extra antes de poder pagarle a una niñera.

—¡¿Pagarle a alguien!? Claro que no, este trabajo es lo mejor que me ha pasado. Puedo pasar más tiempo con Ari. No le pagarás a nadie para que haga algo que yo quiero hacer.

—Dices eso ahora, pero con el tiempo solo querrás descansar. —Necesita descansar. Mi mamá ha estado trabajando duro durante demasiado tiempo.

—Descansaré cuando esté muerta.

—¡No digas eso!

—Nos pasa a todos. De todos modos, tengo que hacer un par de mandados antes de ir por Ari, así que te tengo que dejar.

—Muy bien, gracias de nuevo, mamá.

—Por supuesto. Puedes ser un hombre, pero siempre serás mi bebé y esa hija tuya también es mi hija.

Me doy cuenta de que hay otra llamada en la línea cuando el sonido interrumpe la conversación con mi mamá. Miro el identificador de llamadas y noto que la llamada es de la escuela de Ari. Mi estómago se cae de inmediato. Nunca me llaman.

—Ma, tengo que irme. —Ni siquiera me molesto en decirle por qué.

Le cuelgo antes de que tenga la oportunidad de despedirse y atender la llamada en la otra línea.

—Hola, ¿podría hablar con Christian Cole por favor? —Dice una voz de mujer desde el otro lado de la línea.

Suena demasiado seria, como si estuviera a punto de decirme algo que no me gustará.

—Él habla, ¿en qué puedo servirle?

—Hola, soy Hannah Robles, soy la asistente de la directora aquí en la primaria Bragan. Necesitamos que venga a la escuela —dice, terminando su oración allí como si fuera suficiente información. Siento que los latidos de mi corazón aumentan a medida que el temor por la seguridad de mi hija se infiltra.

—¿Ari está bien? —pregunto, levantándome de mi escritorio y agarrando mi abrigo. Busco las llaves en el bolsillo de la chaqueta y salgo corriendo por la puerta.

Salgo corriendo de la escuela mientras espero a que la mujer del otro lado de la línea responda a mi maldita pregunta. ¿Por qué tarda tanto?

—Ella estuvo involucrada en un altercado.

Todo el aire me deja en un suspiro.

—¿Altercado? —repito, tratando de averiguar qué diablos quiere decir con eso. Mi hija no es el tipo de niña que se mete en peleas o problemas de ningún tipo.

—¡¿Se encuentra ella bien?! —Vuelvo a preguntar, esperando que me dé una respuesta menos tímida.

—Ella está bien. Ella fue la agresora en este caso. —¿Agresora? Ari no pelea. Hablamos de esto cuando aclaramos que para ella ser luchadora significaba no darse por vencida—. Ella agredió a uno de los otros niños durante el recreo.

Si Ari atacó físicamente a otro niño, es porque se estaba defendiendo. Eso es lo que le enseñé a hacer.

Ojalá esta maldita mujer dejara de hablar en código y me dijera exactamente qué fue lo que sucedió.

—¿Qué pasó? —presiono, cansado de intentar adivinar qué pasó, estoy listo para que me cuente toda la historia.

—Sería mejor si simplemente viene. La directora quiere hablar con usted.

Siento que un dolor de cabeza comienza a formarse en la parte posterior de mi cabeza.

—Estaré allí en unos minutos.

Afortunadamente para mí, a esta ciudad le gusta mantener las escuelas unidas, así que mi hija está en el camino. Entro en el carro de todos modos y quince minutos después, me detengo en el estacionamiento de la escuela primaria Bragan.

Me destrozo la cabeza por otras razones por las que Ari se pondría física con alguien.

Quizás la llamada que sabía que tuve con su madre la molestó.

Tal vez me perdí alguna indicación o señales de que ella no estaba bien.

Quizás lo arruiné.

Ari es diferente a mí. Ella es mejor.

Ella tiene mis ojos y otras características físicas, pero en todos los demás aspectos, no podría ser más diferente. Es una genio para sus seis años. Ella es la responsable. Se preocupa. Es amorosa

Ella es todas las partes buenas de la vida mezcladas.

Al salir del carro, tomo el mismo camino que he tomado en numerosas ocasiones hasta la oficina del director. Excepto que esta vez, no soy yo quien está en problemas, es mi hija.

9

Emely me envía algunos mensajes más, pero finalmente consigo que deje de hablarme y se ponga manos a la obra. De alguna manera, a pesar de que creo que no voy a poder superarlo, apruebo el último gasto del día: el viaje al zoológico.

Si bien hay más trabajo que hacer, no tengo que hacerlo ahora mismo. Cerrando la carpeta, decido tomarme un segundo para respirar. Sentada cómodamente en mi silla, apoyo la cabeza en el escritorio. Medio segundo después, un golpe en la puerta seguido de su apertura me sobresalta.

—¡Hola, Hannah! —La saludo cuando la veo, tratando de sonar lo más despierta posible. No quiero que me acusen de dormirme en el trabajo, que no es lo que estaba haciendo de todos modos. Estaba descansando mis ojos por un rato porque he leído muchas propuestas y mi visión está empezando a volverse extraña. También me salté la hora del almuerzo, así que técnicamente, poner la cabeza en mi escritorio podría considerarse una compensación.

Hannah saluda.

—Entonces, llamé al padre de la niña, Ari, quien pateó al niño durante el recreo antes —me dice, recordándome una cosa que había olvidado agregar a mi lista. El incidente, como ella lo llamó.

No solo tuve que hacer trámites todo el día, sino que ahora tengo que desempeñar el papel de disciplinar. La chica mala. Tengo que hablar con la niña y luego hablar con su padre para asegurarme de que todo esté bien en casa y de que él esté al tanto de lo que pasó. En el pasado, normalmente dejaba que el director hiciera el trabajo sucio por mí. Lo triste es que soy el director. Esto es karma pagándome por cada tarea que evité al vincularla a otra persona.

—Bien. ¿Y dijiste que acaba de patear al niño? —Vuelvo a preguntar, asegurándome de conocer todos los hechos.

Hannah asiente.

—Eso es lo que dijo el señor Randolph.

Cuando estaba en la primaria, hace mucho tiempo, eso no era razón suficiente para llamar a un padre. Pero aparentemente, esta escuela tiene una política de cero tolerancias sobre la "violencia". Supongo que es violencia, simplemente parece algo que deberíamos poder manejar sin necesidad de que vengan los padres. Por otra parte, no soy un padre y estoy seguro de que si así fuera, me gustaría estar allí para hablar con mi hijo y averiguar qué pasó.

—¿Dónde está ella? —pregunto, lista para terminar con esto.

Hannah señala detrás de ella.

—Ella está esperando afuera de la puerta.

—¿El otro niño está bien? —pregunto, dándome cuenta de que no me molesté en ver cómo estaba. Me acordaré de hacer eso después de hablar con la niña y su padre.

—Sí, Está en clase ahora mismo. ¿Quieres que lo traigamos también?

—No ahora. Déjame hablar con ella primero. Hablaré con él después. ¿Necesitamos llamar a sus padres también? —pregunto. No sé cuál es el protocolo.

—No hay necesidad. Estaré atenta cuando sus padres vengan a recogerlo y les diré lo que pasó. ¿Quieres que deje entrar a Ari?

Al menos hoy no tengo que hablar con dos pares de padres.

—Perfecto, gracias. Y sí, déjala entrar.

Hannah asiente y luego sale de mi oficina. Segundos después, la veo volver adentro con una niña pequeña siguiéndola. Tiene el pelo largo, ojos color caramelo y lágrimas rodando por sus mejillas.

—Hola —le digo, rodeando mi escritorio para que no sienta que hay una barrera entre nosotras.

Cuando la alcanzo, bajo a su nivel para asegurarme de que no se sienta intimidada por mí.

—No llores. Lo resolveremos —le digo.

—Estaré afuera si me necesitas. Te avisaré cuando su papá esté aquí —dice Hannah, escapando de los sollozos incontrolables al irse.

—Gracias, señorita Robles —le digo y espero a que salga por la puerta antes de intentar hablar con la niña de nuevo.

—¿Llamaste a mi papá? —pregunta Ari, secándose las lágrimas de los ojos.

—Tuvimos que hacerlo. Pateaste a alguien durante el recreo en el patio—. Debería haberle preguntado a Hannah el nombre del niño al que Ari pateó. Es probable que su padre también quiera saberlo. Quizás sus padres la obliguen a escribir una carta de disculpa o algo así.

—Fue su culpa —dice la niña, pasando junto a mí y tomando asiento frente a mi escritorio. Camino la corta distancia y tomo la silla a la izquierda de ella. Reorganizo mi silla para que quede frente a ella, luego trato de averiguar qué está pasando.

—¿Fue su culpa que lo patearas? —Repito, una mirada de confusión probablemente visible en mi rostro porque estoy confundida en este momento.

—Sí —dice, sin perder el ritmo mientras se cruza de brazos frente a ella. Tengo que dejar de sonreír. No puedo dejar que piense que la quiero dando patadas a otros niños. Pero hay algo en su descaro, su coraje, que se siente familiar.

—Ari, tienes un nombre hermoso —empiezo de nuevo, tratando de ganarme su confianza esta vez. Pero también me gusta mucho su nombre—. ¿Cuántos años tienes?

—Gracias... tengo seis años. Como estaba diciendo, Kayden Harrison debería ser el que esté en problemas, no yo. —Tomo una nota mental del nombre del niño.

—Aunque lo pateaste... —le recuerdo.

—Sí —dice con firmeza—. Pero eso es culpa suya.

Dice una vez más. Las lágrimas que caían por su rostro no se encuentran por ningún lado ahora. En cambio, hay un fuego allí y lo reconozco como una determinación férrea.

Intento un enfoque diferente.

—¿Y por qué crees que es culpa suya?

—Porque me insultó y luego me empujó. —Claramente no entendimos este lado de la historia. Su lado. Al escucharlo ahora, si es cierto, entiendo por qué ella tomaría represalias.

GIANNA GABRIELA

—¿Él te empujó?

—Sí, estaba jugando con una mariquita en el patio de recreo y me llamó idiota y estúpida. Luego, me empujó y pisé accidentalmente a la mariquita. Así que le di una patada.

Vaya. Quiero decir, si tuviera su edad y un niño me llamara con esas palabras y me empujara, probablemente también los patearía. Sin embargo, como directora, eso no es algo que pueda decir.

—Eso no estuvo bien, no debería llamarte así. Tampoco debería haberte presionado. Pero sabes que patearlo no fue lo correcto, ¿verdad?

—La mariquita está muerta ahora. Además, mi papá me enseñó a no dejar que otros me lastimaran. Dijo que, si alguien me ataca, tengo derecho a defenderme. —Con la forma en que cuenta lo que sucedió, me encuentro creyendo su versión de los hechos. Sé que nunca antes se había metido en problemas, me lo dijo Hannah. Estoy segura de que su padre no estará feliz de saber que lo llamamos porque su hija pateó a alguien sin antes averiguar qué lo llevó a eso. El otro niño la empujó y la insultó. Cuanto más aprendo, menos espero con ansias la conversación que tendré a continuación.

—Me pareces una niña muy inteligente —le digo.

—Eso es lo que me dice mi papá —responde con la primera sonrisa que esboza desde que entró por mi puerta.

Su padre parece un hombre especialmente interesante.

—Entiendo por qué tu padre diría eso. Aun así, no puedes andar pateando a otros niños.

—Los niños no deberían andar presionando a otras personas, ni insultándolas. Si Kayden no hubiera hecho eso, yo no lo habría pateado —dice encogiéndose de hombros. Tratando de no reírme, dejo escapar un bufido inusual.

Esta niña de seis años habla con más confianza de la que nunca he tenido.

—Estoy de acuerdo contigo en la primera parte. Nadie debería andar presionando a la gente o insultándola. Me aseguraré de hablar con Kayden. Pero si vuelve a suceder, en lugar de tomar el asunto en tus propias manos y patear a alguien más, házmelo saber, ¿de acuerdo?

—¿Te vas a encargar de eso? —pregunta, inmovilizándome con una mirada inquisitiva.

—Absolutamente —le aseguro.

—¿Estás bien? —la puerta se abre de par en par y mi mundo se congela mientras me siento allí y miro a alguien que nunca esperé ver. ¿Qué está haciendo Christian aquí? ¿Por qué pregunta si estoy bien? Juro que se siente como ser atropellada por un camión, cegada por el sol y empujada bajo el agua de una vez. Nada tiene sentido. No sé qué sentir.

Confusión.

Desamor.

Conmoción.

Hay demasiadas emociones corriendo por mi cabeza a la vez como para concentrarme en una sola.

—Hola, papi —dice Ari, levantándose de la silla y corriendo directamente hacia él. *Papi*. ¿Ella acaba de llamarlo así? ¿a Christian? ¿Mi Christian? *Ya no es tu Christian*, dice la voz en el fondo de mi cabeza y tiene razón.

La persona parada frente a mí no es el chico del que me enamoré. No, un hombre ha ocupado su lugar. Esta versión es más alta, con hombros más anchos y una mandíbula fuerte. Si no fuera por sus penetrantes ojos marrón oscuro, que actualmente están enfocados en mí, estaría convencida de que no es la misma persona. Christian había sido hermoso en el bachillerato, pero eso se desvanece en comparación con el hombre en el que se ha convertido.

Dejando esos pensamientos al fondo de mi cabeza, me concentro en una sola cosa, lo único que importa... él tiene una hija.

—Este es el señor Cole, el padre de Ari —dice Hannah mientras se para a la izquierda de él. Ni siquiera me di cuenta de que ella estaba aquí hasta ahora. Su presentación del tipo que me rompió el corazón me confirma que no estoy loca. Que es realmente él. Que Ari es su hija. Que está parado a escasos centímetros de distancia.

—Amari —mi nombre sale de sus labios como una oración sin respuesta mientras levanta a su hija en sus brazos y la abraza. Me mira y veo la confusión en sus ojos. Ya somos dos. Él no sabía que yo había vuelto. Yo no pensé que se hubiera quedado aquí, pero supongo que eso no era lo único que no sabía.

Lo miro a él y luego a Hannah. Entonces mis ojos se desplazan hacia la niña en sus brazos. La que lo abraza como si fuera su salvavidas. La que hablaba de él como si fuera su héroe. No sé qué hacer conmigo misma. Llevo mi mano a mi pecho, sintiendo que eso es lo único que puedo hacer para evitar desmoronarme. Siento que mi corazón se rompe de nuevo.

Él se quedó en Forest Pines.

Él está en mi oficina.

Él me dejó.

Él siguió adelante.

Él tiene una hija.

—¿Ari, por qué no vamos a buscar tus cosas mientras tu papá habla con la señorita Santana? —Hannah dice, detectando la tensión en el lugar. Sé que escuchó la forma en que Christian pronunció mi nombre con familiaridad. Ella puede ver que mi cara está pálida y mis palabras se han ido.

—¿Está bien si voy con ella, papá? —pregunta Ari, llevando sus pequeñas manos a la barbilla de Christian y devolviendo su atención a ella. Aparta los ojos de mí y mira a su hija. Me entrometo en su momento mientras observo la forma en que la inspecciona para asegurarse de que no pasa nada. Luego, después de estar satisfecho de que ella no está herida, asiente.

Él la deja en el suelo y Ari toma la mano de Hannah. Ambas salen de la oficina y en el momento en que la puerta se cierra, la tensión en la habitación se duplica.

Christian Cole.

Mi amor del bachillerato.

Él ya no es nada tuyo.

Él me hizo enamorarme de él y luego me dejó.

Lo miro, pero no se mueve. No intenta acercarse a mí ni huir. Se queda parado junto a la puerta y apuesto a que está sopesando sus opciones. Tratando de averiguar si debería quedarse y tratar de hablar conmigo o seguir a su hija hasta la puerta y evitar esto por completo.

Yo tampoco me muevo. Me quedo sentada porque si me paro me puedo caer. No lo he visto en seis años.

Su hija tiene seis años; la realización surge de la nada.

—Tiene seis años. —Esas son las primeras palabras que salen de mi boca desde que entró en la oficina. Desde que irrumpió y puso mi mundo patas arriba, de nuevo.

—No sabía que habías vuelto —dice, evitando mi declaración.

—Es tu hija y tiene seis —le digo, de nuevo ignorando sus palabras. Por supuesto que es su hija, ella lo llamó papá. Él irrumpió aquí buscándola. Tiene sus ojos y su confianza. Por eso todo parecía tan familiar. Ari es una copia de él. De él y alguien más. Me toma más tiempo del que debería, pero finalmente sumo dos más dos.

Cierro mis ojos. Sé que él está aquí. Sé que esto es real. Pero desearía tanto que no fuera así. Después de estar aquí las últimas semanas, lo último que esperaba era esto. Sí, sabía que existía la posibilidad de que él se hubiera quedado. Sabía que podía encontrarme con él en cualquier momento. Aun así, no esperaba estar nunca en este lugar cara a cara con él. Nunca esperé que mi asistente lo llamara por su hija. ¿Cómo podría haberlo hecho?

Abro los ojos y lo encuentro dando unos pasos hacia mí. Niego con la cabeza, lo que hace que deje de moverse. Él puede decir por la mirada en mis ojos que lo sé. Agacha la cabeza y vuelve a acercarse a mí.

—No es lo que piensas —comienza a defenderse.

Un escalofrío recorre mi cuerpo en el momento en que esas palabras salen de su boca porque confirma que tengo razón. Puede que sea mala en matemáticas, pero esto es realmente simple. Seis años. Hace seis años estábamos en el bachillerato. Era el último año. Él era mi novio. Hace seis años fue cuando me rompió el corazón.

—*¿Pensaste que iba a dejar que me siguieras? ¿Qué sería tu novio cariñoso para siempre? Si lo hiciste, estabas equivocada.*

75

—Las palabras que me dijo cuando rompió conmigo hace seis años me vienen a la cabeza.

Usó esas palabras para clavar el cuchillo en mi corazón y hacerme pedazos.

Debería haber usado algunas palabras más simples.

Debería haberme dicho... que me fue infiel.

10

CHRISTIAN

Nadie podría haberme preparado para este momento. Si alguien me hubiera dicho que iría a la escuela de mi hija y la vería a *ella*, me habría reído. Luego, dependiendo de quién lo dijera, les habría dado un puñetazo en la cara por mencionar su nombre en primer lugar.

No la he visto en seis años.

Todavía está tan impresionante como la primera vez que la vi por el rabillo del ojo. Excepto que ahora es aún más hermosa, si es que eso es posible.

Ella todavía tiene la mirada dulce e inocente que puede hacerme caer de rodillas. Pero puedo ver en la forma en que me mira que ahora es diferente. Ella es más feroz. Más segura. Ella es una mujer.

Aun así, la chica de la que me enamoré en ese entonces está de pie frente a mí y no quiero nada más que estrellar mis labios contra los de ella y sentirla presionada contra mi cuerpo. Hacer que se amolde a mí como lo hizo antes. Ansío tenerla en mis brazos de nuevo.

Sin embargo, cuando me pregunta por mi hija, sé que eso nunca sucederá. Los dos juntos... sí, eso es algo a lo que renuncié hace un tiempo.

—No sabía que habías vuelto —le digo mientras absorbo el impacto de verla aquí. No sé qué hacer con eso. ¿Cuánto tiempo ha vuelto?

Ella ignora mi pregunta y sigue preguntándome sobre Ari. No entiendo lo que está tratando de averiguar hasta el momento en que veo que sus ojos se abren en comprensión.

Está pensando en seis años.

Sé el momento en que piensa que lo ha reconstruido porque sus ojos no ocultan el desdén. El disgusto. La traición es visible en la forma en que me mira como si fuera un monstruo. No lo soy... no de esa manera de todos modos.

Tentado y atraído por ella, doy un paso inseguro en su dirección, pero me detengo en mi lugar después de ver la forma en que me mira. Es la misma forma en que me miró el día que le rompí el corazón... el día que nos rompí el corazón a ambos.

—No es lo que piensas —le digo.

Se levanta de su asiento de repente y da la vuelta al escritorio para estar más lejos de mí. La veo negar con la cabeza y quiero correr hacia ella, contarle todo y suplicarle que me perdone.

—Toma asiento —me dice, sus palabras sin ninguna emoción.

Sigo sus instrucciones. Dando pasos mesurados, me siento en la silla que acaba de abandonar y la giro para que quede frente a ella. Trago la pelota que siento en mi garganta y espero a que ella vuelva a hablar. Hay tantas cosas que quiero decirle, incluido cuánto lo siento, pero no es así. Le debo el espacio para expresar lo que siente primero.

—Te llamamos hoy porque tu hija pateó a un niño en el patio a la hora del recreo —dice con total naturalidad. Siento el latigazo de cambiar de tema y me deja desorientado. Ella educa su voz y me habla como si yo fuera solo uno de los otros padres. Alguien a quien no conoce. Alguien a quien no ama. Amó.

Probablemente ha seguido adelante. Han pasado seis años. Nunca esperé que volviéramos a estar juntos, así que ¿por qué debería hacerlo ella? Ella siempre fue un gran partido. Siempre por encima de mi liga. Siempre mereciendo algo mejor que cualquier cosa que pudiera darle yo.

—Cometimos el error de no profundizar un poco más —ella continúa y a pesar de lo mucho que quiero saber qué le pasó a mi hija, en este momento, quiero explicarle más sobre Amari.

—No es lo que piensas... Ari, ella es... yo no... —Dejo

escapar una bocanada de aire, frustrado por mi repentina incapacidad para hablar. Sé que no tengo sentido en este momento, pero, de nuevo, ¿cómo se supone que voy a darle sentido a esta situación? Me escapé de tener que explicarlo antes.

Amari levanta la voz, impidiendo que vuelva a hablar.

—Uno de los otros estudiantes estaba siendo malo con ella. La llamó con groserías y la empujó. Cuando la empujó, Ari pisó la mariquita con la que había estado jugando y la mató, así que ella le dio la patada.

En cualquier otro momento, habría hecho un gran escándalo por haber sido llamado porque mi hija se metió en problemas cuando la escuela no tenía la historia completa. Hubiera sonreído triunfalmente por el hecho de que mi hija se estaba defendiendo, como le enseñé a hacerlo. Me hubiera enojado que otro niño pusiera sus manos sobre mi hija.

Pero no ahora.

Sé que mi hija está bien.

Y ahora mismo quiero que la chica que tengo enfrente, la chica de mis sueños me hable. Me deje hablar con ella. Para dejarme explicar. Para decirme cómo se siente. Para no tratarme como un completo extraño.

—Amari, sé que esto se ve mal... —empiezo de nuevo.

Ella se aclara la garganta, interrumpiéndome una vez más.

—Señor Cole, nos disculpamos por llamarlo. Deberíamos haber investigado esto más a fondo. Su hija está bien. Hablaremos con el otro niño y sus padres.

Me levanto de la silla y coloco mis manos sobre su escritorio.

—No hagas esto. No me trates así —le ruego. Mis ojos se enfocan en los suyos, esperando una señal, una grieta en la armadura que lleva con orgullo.

—Le estoy tratando mucho mejor de lo que se merece. Soy la directora de esta escuela. Su hija es una de mis alumnas. Le trataré con el respeto que trato a los otros padres. Nada más y nada menos.

—¿Ni siquiera me vas a dar la oportunidad de explicarte?

—Han pasado seis años. He seguido adelante. Has seguido adelante. No parece necesaria una explicación. Tampoco cambiará nada —dice resuelta.

Ella ha seguido adelante. Por supuesto que lo ha hecho. Ella es hermosa, inteligente. Ahora, directora de escuela. Cualquier chico sería estúpido si no la encerrara mientras tuvieran la oportunidad. Soy un idiota por dejarla ir en primer lugar, pero tenía que hacerlo. Me pregunto si tendrá hijos.

—¿Puedo decir una cosa?

Puedo ver qué quiere decir que no, pero en cambio asiente. Apuesto a que piensa que cuanto antes diga lo que quiero decir, más rápido podrá deshacerse de mí.

Le diré lo más importante.

—No te fui infiel. Ari sucedió antes de que tú y yo empezáramos a salir.

Abre y cierra la boca.

—¿Tenías una hija antes de que empezáramos a salir? —dice y el dolor que escucho en su voz me recuerda la última vez que la lastimé y cómo la sigo lastimando, aunque no quiero.

—No... —El hecho de que ella creyera que yo le escondería una niña por completo me duele. Por otra parte, le escondí una niña.

—No tiene ningún sentido.

Me jalo el cabello de esa manera para ayudar a ordenar mis pensamientos.

—Estoy muy nervioso. No esperaba volver a verte —le digo con sinceridad.

—Ya somos dos —dice, y observo la forma en que da golpecitos con los dedos en su escritorio.

Siento que mi teléfono vibra en mi bolsillo. No sé cuánto tiempo ha pasado desde que estoy aquí porque en el momento en que vi su rostro sentí como si el tiempo se hubiera congelado. Mirando el reloj detrás de Amari, me doy cuenta de que ya llego tarde a la práctica.

Quiero quedarme más que nada, pero no puedo perder este trabajo.

—Necesito explicarte todo y sé que probablemente tengas muchas preguntas. Pero ahora mismo, tengo que irme. Dame un par de horas, tal vez tomar un café, y te diré todo lo que no te dije antes.

—No tienes necesidad de explicarme las cosas que pasaron hace seis años. No hay razón para hacerlo ahora.

—Es que...

Ella se levanta de su silla.

—Nos disculpamos por llamarlo, señor Cole —dice rodeando su escritorio y caminando hacia la puerta. Cuando la alcanza, la abre—. Gracias de nuevo por venir.

Su tono y postura me dicen que ha terminado de hablarme. Con el trabajo esperando, Ari de pie junto a la puerta con Hannah, y mi madre probablemente esperándola afuera, respeto la solicitud de Amari.

Cuando me suplicó que me quedara, que le explicara lo que pasaba por mi cabeza, no lo hice. Ahora me pide que me vaya, y creo que finalmente es hora de que la escuche.

11

AMARI

Él me lanza una última mirada, una mezcla de desesperación y conmoción, antes de cerrar la puerta. En el momento en que lo hace, me desinflo. Camino la corta distancia hasta mi escritorio, aferrándome a todo lo que puedo en el proceso.

En el momento en que me siento de nuevo, dejo salir todo el aire que he estado reteniendo. Mi cabeza golpea el escritorio con un ruido sordo. Un segundo después, escucho un golpe en mi puerta. Me tiemblan las piernas y las lágrimas están a punto de caer, pero las contengo. Si es él quien regresa, no quiero que me vea así. Quiero que crea que soy fuerte. Que piense que lo he superado.

Aun así, aunque creo que estoy preparada para que vuelva adentro, no lo estoy. Entonces no digo nada. No contesto cuando escucho un segundo golpe. No sé si es él quien regresa, pero, incluso si no es así, realmente no quiero hablar con nadie más.

La puerta se abre de todos modos, mi silencio ignorado. Levanto la cabeza del escritorio y encuentro a Hannah mirándome con preocupación visible en sus ojos.

—¿Estás bien? —pregunta, y eso es todo lo que se necesita para que la presa se rompa y las lágrimas caigan.

Las limpio maniáticamente, tratando de obtener la prueba de lo rota que estoy desaparezca.

—Oh no —dice ella, dándose cuenta de que sus palabras fueron mi perdición.

Sigo limpiando, pero no ayuda. Las lágrimas siguen cayendo.

—Lo siento —le digo, disculpándome por mi arrebato. Esto es trabajo. Soy la directora de esta escuela. Empecé la semana pasada. Esta no es la impresión que quiero que la gente tenga de mí. No es por lo que quiero ser conocida. Se suponía que este drama sería hace más de seis años, cuando terminó el bachillerato, pero de alguna manera, ha vuelto a asomar la cabeza.

—Está bien —dice y puedo sentir su vacilación. Puedo decir por la expresión de su rostro que quiere consolarme, pero acaba de conocerme y no tiene idea de cómo lidiar con mi arrebato.

Me aclaro la garganta y de alguna manera me las arreglo para detener las lágrimas. Lo guardo todo. Puedo irme lo suficientemente pronto y derrumbarme cuando llegue a casa, pero por ahora, tengo que mantener las cosas juntas. Es mi trabajo.

—Gracias —le digo porque no sé qué más decir.

—¿Estás bien? —pregunta, mirando detrás de ella hacia la puerta por la que Christian salió. Christian Cole. Rompecorazones. Christian Cole. Es padre.

Aunque sé que Ari es su hija, mi corazón no sabe cómo procesar esto. Antes tenía motivos para sacar a Christian de mi cabeza, pero ahora, ahora estoy más motivada que nunca. Necesito sacarlo de mi sistema. Sacarlo de mi sistema por completo.

Niego con la cabeza, decidiendo optar por la honestidad porque mentir no borrará la expresión de mi rostro y las lágrimas que ella ya ha visto.

—En realidad no.

Ella me da una sonrisa comprensiva.

—¿Quieres hablar de ello?

Le sonrío con tristeza.

—En realidad no —repito.

Hannah asiente.

—Lo entiendo totalmente. Bueno, la escuela terminó por hoy, así que deberías irte a casa. Agarra un helado, mira una película y llora.

—Eso suena como un plan —le digo, sin dejar de sonreír a través del dolor.

—¿Qué sigues haciendo aquí?

Señalo los papeles en mi escritorio.

—Tengo trabajo que hacer—. En realidad, no, pero odiaría ser la primera persona en irme.

—Es una escuela primaria. Nada en tu escritorio es tan importante que no puedas hacerlo mañana —dice, recordándome las palabras anteriores de mi mejor amiga.

Hombre, realmente desearía que Emely estuviera aquí ahora mismo. Ella sabría cómo hacerme sentir mejor, hacer que doliera menos. O al menos cómo hacerme olvidarlo temporalmente.

—Tienes razón —respondo, cediendo. No es como si fuera a trabajar más con lo que acabo de descubrir. Mi cabeza no puede pensar en viajes escolares o bailes en este momento. Todo lo que sigue repitiéndose es Christian y el hecho de que tiene una hija de seis años, según él, no fue producto de una infidelidad.

Salgo del estacionamiento de la escuela y me dirijo hacia mi casa. La idea de tener que volver a este lugar todos los días parece menos emocionante ahora. Ahora que sé que la hija de Christian es una de mis alumnas. Por un breve segundo, pienso en cómo será conocer a la mamá de Ari, la mujer en la vida de Christian, pero trato de no demorarme en eso. No quiero empezar a llorar de nuevo. Necesito mantener las lágrimas bajo control.

Poniendo la radio a todo volumen, empiezo a cantar todas las canciones que suenan, saltándome las que me recuerdan a él. Toco los himnos, las canciones que me hacen sentir empoderada. Viva. La única canción que no me salto cuando coincidentemente sale es *Before He Cheats* de Carrie Underwood. Ojalá fuera una de esas chicas que se vengan. El tipo de chica que agarra un bate y destruye el carro de un chico.

Sin embargo, lo último que necesito es un titular sobre una directora de escuela enloquecida y acusada de destrucción de propiedad. Es mejor gritar las palabras desde mi carro que lamentar las acciones desde una celda. Pongo la canción en repetición, escuchándola una y otra vez hasta que llego a mi casa.

Sintiéndome emocionalmente agotada, estaciono el carro y entro en mi casa. Cuando regresé a Forest Pines, sabía que siempre había una posibilidad de que pudiera encontrarme con él. Una parte de mí odiaba esa idea, pero una parte más pequeña tenía alguna esperanza. Esperaba que al menos pudiéramos hablar. Que me explicaría lo que pasó hace seis años.

Fue una tontería de mi parte pensar que una explicación de él mejoraría las cosas.

Solo pensé brevemente en que él siguiera adelante. Siempre existía la posibilidad de que encontrara a alguien más. Que se enamoró de otra chica. Siempre pensé que existía la posibilidad de que se estableciera y tuviera una familia. Ni en un millón de años esperaba que su familia comenzara cuando estábamos en el bachillerato.

Cierro la puerta de golpe detrás de mí y camino directamente a la cocina. Me quito los zapatos, agarro el helado de pistache del congelador y una cuchara. Caminándome hacia la sala de estar, agarro el control remoto del televisor y lo enciendo. Me acuesto en el sofá con la manta cubriéndome las piernas y busco sin pensar en Netflix lo siguiente que me impedirá pensar.

Cuando finalmente encuentro algo que no había visto antes y no me recuerda lo de hoy, presiono reproducir. Paso las próximas dos horas comiendo mi helado directamente del bote y tratando de pensar en la trama de la película y no en la trama de mi vida.

Forest Pines es una ciudad pequeña.

La gente se cruza todo el tiempo.

Teniendo en cuenta que su hija es una estudiante en la escuela de la que soy directora, las posibilidades de que me encuentre con él y su familia son mayores.

Seré profesional y educada. Lo trataré como a cualquier otro padre. Como si no lo conociera. Supongo que la realidad es que, si mi Christian fue capaz de tener un hijo aproximadamente al mismo tiempo que estuvimos juntos, entonces yo no lo conocía en absoluto.

Un par de lágrimas se deslizan por mi rostro, pero las limpio de inmediato. Ya he llorado lo suficiente por Christian Cole. No me permitiré llorar más. Con esa resolución, decido hacer lo menos saludable que puedo hacer. Empujo mis sentimientos profundamente dentro de mí con la esperanza de que eso los haga desaparecer.

Excepto, que sé que no lo hará.

Porque si hay algo que sé es que siempre amaré a Christian Cole. Antes lo amaba, incluso después de que me rompiera el corazón. Y lo amaré con todas las pequeñas piezas que dejó atrás.

12

CHRISTIAN

—Nos vemos mañana, entrenador —dice el último estudiante mientras pasa por mi oficina y sale del vestidor.

—Nos vemos mañana —le digo cuando finalmente registro sus palabras, sabiendo que probablemente no escuchó mi respuesta.

La práctica estuvo mal hoy. Yo hoy estuve mal. Aunque no pude evitarlo. Si este no fuera un trabajo nuevo, un trabajo que no estaba interesado en mantener, habría ido directamente a un bar y bebido hasta que no pudiera recordar mi nombre o el de ella.

Amari está de vuelta.

Ella ha vuelto y apuesto a que ahora piensa peor de mí que antes. Yo sé que lo hace. Ella cree que le fui infiel, lo que nunca le haría a nadie. Ella se equivoca en eso. Pero el hecho de que no le fui infiel no mejora lo que hice.

Me acosté con alguien semanas antes de involucrarme con Amari.

Dejé embarazada a esa persona.

Dejé a la chica de mis sueños sin explicarle por qué.

Supongo que mi creencia de que no valía la pena una segunda oportunidad la hizo creer que yo pensaba que ella no merecía una explicación.

Me he imaginado encontrándome con Amari un millón de veces. He pensado en cada palabra que diría. Cómo me arrodillaría y le rogaría que me perdonara por ser tan estúpido. Pedirle que me acepte de nuevo.

Incluso he pensado en cómo sería que las mujeres más importantes de mi vida se conocieran. Cómo le presentaría a mi hija... como la presentaría con mi hija. Nunca en mis sueños más salvajes pensé que realmente sucedería. Es irónico que las dos mujeres más importantes de mi vida se conocieran sin que yo tuviera nada que ver con eso.

Me pregunto cómo será eso para Amari. Ella es la directora de la escuela de mi hija. Verá a mi hija en los pasillos y pensará en ella como un recordatorio de por qué la dejé sin entenderlo.

Apuesto a que no se dio cuenta de otra cosa. Probablemente ni lo noto, probablemente cegada por su enfado conmigo, no captó que ella y mi hija tienen nombres similares. Que le puse a mi hija su nombre. Probablemente no fue la mejor decisión sin afectar a la madre de Ari, pero me dieron una opción y la acepté. Amari y Ari.

Mi cabeza viaja al recuerdo de cuando decidí cómo llamaría a la niña que se convertiría en mi vida.

—¿Cómo quieres que se llame? —Katie me preguntó mientras trabajaba en la instalación de una cuna en el cuarto de la bebé. Su habitación era la única habitación que tenía algo muebles en ese momento. Yo no venía de una familia con dinero y tener que encontrar un lugar para vivir fue el primer problema que enfrenté. No quería vivir en la casa de mi madre. Si yo era lo suficientemente hombre para traer un hijo al mundo, necesitaba ser lo suficientemente hombre para hacer que eso funcionara sin depender de mi madre. Una vez que conseguí un lugar, no pude amueblarlo todo de una vez. A diferencia de mí, Katie venía de una familia con dinero, pero sus padres no querían formar parte de su futuro conmigo. No es que tuvieran que contribuir de todos modos porque Katie no iba a vivir conmigo. Sin embargo, mi hija lo haría, aunque yo no lo sabía en ese momento, y yo me aseguraría de que tuviera todo lo que necesitaba.

—¿Quieres que elija su nombre? —le pregunté a Katie, un poco desconcertado de que me diera ese privilegio. Estaba a punto de nacer y no había sido el más fácil de los embarazos. Ella me gritó. Me resintió. Sabía en el fondo que ella me odiaba por ponerla en esa situación. Yo también me odiaba, pero por diferentes razones.

Ella asintió.

—Sí, realmente no tengo ni idea. No es como si estuviera planeando tener una hija a los diecinueve.

Yo tampoco.

—Déjame pensar... —No había pensado en ningún nombre de niña. No pensé que sería yo quien la nombrara. Por otra parte, a veces sentía que era el único que se preocupaba por la niña que pronto tendríamos. Supongo que, al final, yo tenía razón.

—Tómate tu tiempo —me dijo mientras me veía armar la cuna. Tenía los tobillos hinchados, los ojos cansados y el vientre tan grande que no pensé que pudiera agrandarse más. Nuestra hija estaba por llegar, por lo que el tema del nombre no era realmente algo que pudiéramos seguir presionando.

—¿Qué hay de Ari? —Yo pregunté. Katie no sabía nada sobre Amari porque nunca se conocieron. No se movían en los mismos círculos ni iban a las mismas escuelas.

—¿Ari? ¿Como Ariana? —ella preguntó.

—Realmente no. —Negué con la cabeza.

—¿Como Ariel? —preguntó, una vez más tratando de averiguar a dónde iba con esto.

Ari, como Amari, es lo que quería decir. Pero no pensé que sería bien aceptado por la chica que embaracé que nombrara a nuestra hija en honor a la chica cuyo corazón rompí, la chica que amaba.

—Nada más Ari.

Ella se encogió de hombros.

—Suena bien para mí. ¿Qué tal un segundo nombre?

—Eso depende de ti —le dije. Ella es la que estará haciendo todo el trabajo duro en lo que respecta al parto, no quiero quitarle la capacidad de nombrar a nuestra hija.

—Entonces no hay segundo nombre —dijo y luego sacó su teléfono, terminando efectivamente la conversación.

Ari Cole. Ese es el nombre de mi hija. La hija que me hubiera gustado tener con Amari.

Se suponía que sería nuestra familia.

Amari Cole.

Ari Cole.

Christian Cole.

Casa con las cercas blancas y todo. Pero esa no es la realidad que estoy viviendo. En cambio, me encuentro sentado en mi escritorio listo para golpear la mesa con el puño porque no puedo olvidar la forma en que Amari me miró con disgusto.

Ella no me dejó hablar.

Ella no quería escuchar lo que tenía que decir.

¿Cómo diablos se supone que voy a dejarla sola sabiendo que está tan cerca de mí?

Ella está de vuelta en Forest Pines.

Siempre esperé que ella viniera a visitar a sus padres, cuando ellos vivían aquí, pero nunca lo hizo. Dejó esta ciudad y no volvió durante seis años.

Cuando sus padres se fueron, toda esperanza de que ella regresara a esta ciudad se fue con ellos. Y ahora, inesperadamente, ha vuelto. Sus padres nunca vendieron su casa, por lo que probablemente ella vive allí ahora. En la misma casa que me colé en numerosas ocasiones sin que sus padres lo supieran. La casa donde robé besos y la hice mía.

Los recuerdos me asaltan y mi respiración se acorta cuando me doy cuenta de lo mucho que la deseo. Cuánto siempre la he deseado. No solo la deseo, sino que la necesito. Han pasado seis años y, sin embargo, mis sentimientos por ella siguen siendo los mismos, en todo caso, se han vuelto más fuertes. A pesar de la distancia, volver a verla hoy fue como si nunca hubiera dejado de verla. Me dan ganas de continuar justo donde lo dejamos. Bueno, unos días antes.

La amo tanto ahora como en ese entonces, si no es que más, y darme cuenta de eso me asusta porque ahora que sabe que Ari existe, ahora que no tengo nada que ocultar, no sé si podré hacerlo. No si podré mantenerme alejado.

Necesito que ella me dé la oportunidad de explicarle todo. Y tal vez de algo más que explicar.

No merezco una segunda oportunidad, pero maldita sea si no quiero una ahora más que nada.

El problema es que ella no quiere tener nada que ver conmigo.

Ella me odia. Y no puedo culparla porque no es su culpa, es mía.

13

ME DOY LA VUELTA EN MI CAMA Y EN EL MOMENTO EN QUE lo hago, mi cara se encuentra con el suelo con un fuerte golpe. Al abrir los ojos por la sorpresa y el dolor, me doy cuenta de que la razón por la que me caí es que en realidad no me quedé dormida en mi cama. No. Me quedé inconsciente en el sofá.

Eso tiene mucho sentido considerando el momento en que llegué a casa, planté mi trasero frente al televisor y nunca me levanté. Me quedo en el suelo unos segundos más, riéndome de la ironía de caer. He tocado fondo antes y mientras pensaba que estaba subiendo y bajando, caer inesperadamente y estrellarme contra el suelo es exactamente lo que se siente mi vida en este momento.

Gimo y finalmente me levanto del suelo cuando mi alarma comienza a sonar. Agarro mi teléfono y la apago. Dejo que mis ojos se adapten a la luz que entra por la ventana de la sala de estar y reviso mi teléfono en busca de algo que me haya perdido.

Egoístamente, mi corazón quiere que haya algo de Christian. Un mensaje. Una llamada. Cualquier cosa que me explique lo que pasó. Que me asegure que yo estoy equivocada. Que lo que creo que pasó no es cierto. Sé que eso nunca sucederá. No solo porque no hay forma de que pueda explicarse por el hecho de que tiene una hija, sino también porque cambié mi número.

Esperé junto a mi teléfono durante meses después de que terminamos. Incluso años.

Desesperadamente, le envié un mensaje de texto para averiguar qué pasó. Creo que debí haberle enviado un mensaje de texto todos los días después de la ruptura pidiendo una explicación. Todo el asunto me tomó tan desprevenida que quería que me lo explicara y me ayudara a entender.

Ante la insistencia de Emely y bajo su supervisión, comencé a enviarle mensajes cada vez menos. Pero, aun así, cada vez que mi teléfono sonaba con una notificación, mi corazón se disparaba al pensar que podría ser él. Que volvería a mí, se disculparía y me diría que estaba equivocado por romperme el corazón.

Cada notificación que recibí durante meses me hizo tener la esperanza de que mi desdicha terminaría y los dos estaríamos juntos de nuevo. Esperaba que se hubiera calmado al pensar en los objetivos que nos habíamos fijado juntos.

Sin embargo, a medida que pasaban los días, me di cuenta de que el mensaje o la llamada nunca llegarían. No me impidió tener esperanzas todos los días. Aun así, nunca contestó. Nunca respondió a un mensaje. Ni siquiera me molesté en leerlos. Para evitar enloquecer cada vez que recibía una notificación, cambié mi número. Lo hice en parte porque estaba enojada con él. Le di mucho tiempo para llamar y no lo hizo, por lo que cambiar mi número sería mi forma de decirle que no lo esperaría más. La verdadera razón para cambiar mi número fue que una parte de mí quería creer que en algún momento de esos seis años se dio cuenta de que estaba equivocado y me llamó. Creo que hubiera dolido más mantener el mismo número y que él nunca hubiera llamado. De esta manera, pude convencerme de que me llamaba todos los días con la esperanza de que mi teléfono estuviera conectado de nuevo. Que él sería el que estaría esperando junto al teléfono el día en que sonaría y mi nombre aparecería en su pantalla una vez más.

Ahora sé que él nunca me amó.

Mientras yo lloraba nuestros sueños, él estaba formando su familia. Criando a su hija. Haciendo Dios sabe qué más.

Me siento en mi cama con mi teléfono en mis manos y el pasado en mi cabeza. No es hasta que recibo un mensaje de Emely que me doy cuenta de cuánto tiempo estuve perdida en mis pensamientos. Necesito empezar a prepararme para el trabajo.

Emely: ¡Tengo el fin de semana libre! Te visitaré pronto.

Emely: Vaya. Ninguna respuesta.

Emely: Ni siquiera leíste el mensaje.

Emely: Probablemente te quedaste dormida, ¿no?

Emely: Dios, eres tan vieja.

Emely: Siento que esto me hace parecer desesperada, así que te dejaré ir por esta noche. Envíame señales de vida por la mañana.

Emely: ¡Te quiero!

Sonrío ante la cadena de mensajes que me dejó mi mejor amiga. La sonrisa deja mi rostro el momento en que me doy cuenta de que voy a tener que contarle todo. No quería hablar de eso anoche porque quería olvidar. Pero no hay forma de que pueda olvidar todo esto con él tan cerca. Con su hija como uno de los niños con los que trabajo.

Tal vez él la saque de la escuela ahora que sabe que estoy enseñando allí ... tal vez su novia, esposa, o lo que sea, no querrá a su hija en la misma escuela que la ex novia de Christian.

Por otra parte, tal vez a ella no le importe. Claramente no era tan importante para él como pensaba, así que tal vez nunca se molestó en mencionarme.

Sacando esos pensamientos de mi cabeza, camino hacia la ducha y comienzo a prepararme para el trabajo. Tengo un trabajo que hacer. Soy una chica grande y me prometí a mí misma que nunca dejaría que un hombre entrara en mi vida y la hiciera pedazos. No otra vez. No como antes.

PENSÉ EN LLAMAR A EMELY DE CAMINO AL TRABAJO COMO lo hice ayer, pero opto por no hacerlo. Su último mensaje llegó a las dos de la mañana y probablemente todavía esté dormida. Esa es la razón por la que me digo a mí misma, pero la realidad es que soy una cobarde y no quiero volver a derrumbarme. Sé que si la llamo y le cuento lo que pasó, no podré evitar desmoronarme de nuevo y me niego a hacerlo. En su lugar, elijo ejecutar mi rutina diaria como si nada. Como si ayer no hubiera llegado con noticias devastadoras.

Cada vez que Hannah entra en mi oficina, me lanza una mirada interrogante. Ella se demora en la puerta. Mira hacia atrás dos veces cada vez que está a punto de salir del lugar. Puedo decir que está preocupada. Ella no me conoce, pero sabe que apenas me mantengo firme. Espero que sea realmente buena para sumergir profundamente mis emociones y que los demás no lo vean y no que mi miseria esté escrita en mi rostro. Puedo decir que no sabe qué hacer conmigo. Sin siquiera conocerme, sé que a ella le importa lo suficiente como para querer asegurarse de que estoy bien, pero no me va a presionar para obtener respuestas.

Para hacerle saber que no me derrumbaré, le sonrío cada vez que entra y sale de mi oficina. Me encuentro con sus miradas inquisitivas con asentimientos tranquilizadores. Intento demostrarle que estoy bien, pero puedo decir que no me cree. Aun así, espero que cuanto más sonrío en su dirección, más comenzará a creerse mi acto... más empiezo a sentir que realmente voy a estar bien.

Terminando algunos de los trámites en mi escritorio, miro el reloj y me doy cuenta de que ya es mediodía. Estoy haciendo un gran progreso, que es producto de no querer tener el espacio en mi cabeza para pensar en él. A este ritmo, terminaré hoy con todo el papeleo que esperaba hacer la semana que viene.

Un ligero golpe en la puerta llama mi atención. Apuesto a que Hannah me está checando de nuevo...

—Adelante —le indico. Hannah asoma la cabeza.

—Tienes a alguien aquí que quiere verte —me dice.

Juro que siento que mi corazón deja de latir.

—¿Quién? —pregunto, aclarándome la garganta.

—Soy yo —la cabecita de Ari asoma por la puerta también.

Hannah la abre el resto del camino y Ari entra.

—Hola —comienza a caminar y se deja caer en el asiento que ocupaba ayer. La observo y no puedo creer que no me di cuenta antes. Antes de que Christian entrara. Ella se parece a él. Copia al carbón. Sus ojos son sus ojos. Y su confianza al caminar me recuerda a él. No es de extrañar que me cautivó de inmediato. No es de extrañar que sintiera que me recordaba a alguien que conocía.

Me aclaro la garganta cuando me doy cuenta de que no he respondido.

—Hola Ari. ¿Cómo estás?

—¿Estoy bien, tú cómo estás? —pregunta. No sonríe, simplemente se sienta al otro lado del escritorio como si fuera una reunión de negocios. No puedo evitar sentir que fui yo quien fue llamada a la oficina de la directora, como si yo fuera la que tuviera problemas aquí.

Quiero rodear el escritorio y sentarme a su lado, pero tengo los pies pegados al suelo. No puedo moverme. No puedo acercarme a ella porque mi corazón no puede soportarlo.

Ella podría haber sido mi hija. Nuestra niña.

Ojalá...

—¿No te has metido en más peleas, verdad? —pregunto, alejando mis emociones y haciendo mi trabajo.

—De eso es de lo que quería hablarte.

Segura como siempre, Ari se cruza de brazos frente a ella.

—Me pregunto si lo arreglaste —dice. Me destrozo la cabeza, pero por mi vida no puedo recordar lo que se supone qué debo arreglar.

—¿Arreglar qué? —pregunto.

—Dijiste que arreglarías la situación de ayer. Me pregunto si ya hablaste con él.

¡Oh sí! El otro niño. Definitivamente no he hablado con él todavía. Ni siquiera puedo recordar cuál era su nombre en este momento. Muchas otras cosas se han apoderado de todo el espacio en mi cabeza. Bueno, supongo que no muchas cosas, solo una. *Su padre.*

—Aún no lo he hecho. Pero lo haré —le digo.

—¿Lo prometes? —pregunta, sus ojos derritiendo la frialdad que me ha envuelto.

—Es mi trabajo. Yo me haré cargo. ¡Pero recuerda, no más peleas!

—No golpearé a nadie si no me golpean a mí primero. — Una vez más, el desafío en sus ojos me recuerda a su padre, una cualidad que lo metía en problemas a menudo pero que me hacía amarlo más y más cada día.

—Nos aseguraremos de que no te vuelva a presionar. ¿Pero podrías hacerme una promesa?

—Depende —sus palabras me hacen esbozar la primera sonrisa genuina desde que mi mundo se derrumbó.

—Lo suficientemente justo. Si alguien te golpea, antes de devolver el golpe, ¿podrías correr hacia mí primero? — No me gustaría que se metiera en problemas, pero no puedo hacer mucho si ella toma el asunto en sus propias manos.

—¿Sabes qué? —dice, sus pequeños dedos tocando su barbilla como si estuviera pensando mucho en mis palabras—. Pareces una persona bastante agradable. Vendré a ti primero.

—¡Excelente! Me aseguraré de hablar con el niño hoy y sus padres. Me aseguraré de que no vuelva a suceder. Gracias por confiar en mí.

—Mi papá confía en ti —dice ella, sus palabras hacen que mi sonrisa desaparezca mientras vuelve la sensación de angustia total y absoluta.

—¿Por qué dices eso? —pregunto, forzando la pregunta fuera de mi boca.

Ella se levanta de su asiento.

—Hablamos de ayer. Él dijo que, si alguien se porta mal conmigo o me golpea, siempre puedo acudir a ti. Que eres el tipo de persona que siempre está ahí para los demás. —Como si eso me hubiera hecho algún bien antes. Siempre estuve ahí para él y él fue quien me dejó.

Estaré aquí por su hija.

—¡Tu padre tenía razón! —le digo, estar de acuerdo con él se siente raro, pero lo hago de todos modos.

—También me dijo que no me metiera en peleas ni en problemas. Se supone que soy una buena niña. Hablando de ser una buena niña, tengo que ir a clase —dice mientras se levanta de la silla, se despide y sale de mi oficina.

14

AMARI

SUPERO LA JORNADA LABORAL SIN LLORAR. ORGULLOSA DE mí misma por mantenerme bien todo el día, me despido de Hannah y me dirijo al estacionamiento.

Justo cuando estoy a punto de alcanzar la puerta del carro, suena mi teléfono. Busco en el bolsillo de mi chaqueta, saco mi teléfono y veo el nombre de Emely en la pantalla. El teléfono suena un par de veces más en mi mano mientras trato de averiguar si quiero contestar o no.

Ella sabrá que la estoy ignorando si no contesto. Pero si levanto el teléfono y me pregunta cómo estoy, verá a través de mí.

Decido que debo continuar y terminar con esto. Después de todo, es mi mejor amiga.

—Hola —digo respondiendo el teléfono, sosteniéndolo en su lugar con mi hombro mientras hago malabares con mi bolso en una mano y abro la puerta con la otra.

Me siento en el lado del conductor, tiro mi bolso en el asiento trasero, luego sostengo el teléfono con la mano y enciendo el carro.

—¿Estás ahí? —pregunta.

El Bluetooth transfiere la llamada al automóvil en el momento en que lo enciendo.

—Sí, ¡Lo siento! Me estaba subiendo a mi carro y tenía las manos ocupadas.

—¿Entonces te perdiste todo lo que acabo de decir? —ella responde y puedo decir que está molesta.

Asiento con la cabeza, aunque ella no puede verme.

—Sí —confieso.

—Está bien. Estaré en tu casa este fin de semana.

—¿Qué? —No me molesto en salir del estacionamiento mientras tengo esta conversación con mi mejor amiga. También puede concentrarse en la tarea que tiene entre manos.

—Tengo tiempo libre, así que voy a ir a verte —grita.

—Sí, leí tu mensaje —le digo, tratando de sonar emocionada por ver a mi mejor amiga, pero sabiendo que en el momento en que llegue aquí... lo sabrá. Además, tenemos el baile de la escuela este domingo.

—Claramente me necesitas allí.

—¿Qué te hace decir eso?

—He sido tu amiga durante años. Puedo decir cuando me estás mintiendo. Cuando intentas ignorarme. Cuando estás escondiendo algo.

—No estoy...

—Ni siquiera trates de mentirme. No te obligaré a que me cuentes todo lo que está sucediendo por teléfono, pero debes decirme algo. Una vez que llegue allí, podemos comer helado, ver televisión y hablar de todo.

—Christian está aquí —le digo, y me doy cuenta de que no tengo más remedio que confesar. A pesar de lo mucho que creo que no la quiero aquí ahora mismo ... que quiero procesar esto por mi cuenta, la verdad es que la necesito. Necesito una amiga, especialmente una vez que entienda lo que me hace este descubrimiento.

Cuánto duele.

Cuánto me rompe.

El silencio al otro lado de la línea parece durar una eternidad antes de que ella vuelva a hablar.

—¿Cómo estás? —pregunta.

—Estoy bien.

—Amari —comienza, pero la detengo.

—Estoy tan bien como puedo. Hay más de lo que estoy dispuesta a contarte por teléfono. Es demasiado para sumergirme en el tema ahorita.

—Está bien —dice ella y puedo escuchar su suspiro. *Aquí vamos de nuevo*, debe estar pensando—. ¿Lo viste?

—Sí, lo vi.

—¿Él te vio? —pregunta y me doy cuenta de que realmente no quiero tener esta conversación en este momento. No cuando hoy ha ido todo relativamente bien.

—Sí, nos encontramos de frente.

—¿Es por eso por lo que no he tenido noticias tuyas? —Con todas las preguntas que hace Emely, debería haber optado por una carrera como periodista.

—Sí, realmente no tenía ganas de hablar. No podía con lo mucho que yo estaba llorando —le digo—. Escucha, te dejaré ir por ahora, pero te veré en dos días e intentaré llamarte más tarde.

Emely es lo suficientemente inteligente como para saber cuándo quiero que termine una conversación. Ella también sabe por qué, me conoce lo suficiente como para saber que si sigo hablando simplemente lloraré. Odio lo frágil que soy cuando se trata de él.

—Llámame si puedes... si quieres. Sabes que estoy aquí para ti —ella responde.

—Lo sé.

—Te quiero, Amari —me dice. Yo sé que ella lo hace.

—Yo también te quiero —le digo.

—Te veo pronto.

—Nos vemos —respondo y luego cuelgo el teléfono.

Poniendo el carro en movimiento, salgo del estacionamiento de la escuela. Enciendo la radio y empiezo a tocar música... aumentando el volumen de la radio, canto. Canto la letra de cada canción que suena, aferrándome a cualquier cosa que mantenga alejados los otros pensamientos. Una canción de amor comienza a sonar e instantáneamente cambio a la siguiente estación.

Cuando me detengo frente a mi casa, recuerdo que tengo que recoger algunos comestibles antes de quedarme atascada, ordenando a domicilio nuevamente. Además, con la llegada de Emely, es necesario abastecer el refrigerador. Esa chica puede comer.

Me alejo de mi casa y me dirijo al supermercado. Tardo aproximadamente una hora en llegar. Cuando estaciono el carro, siento que se me sudan las palmas de las manos. Mi cabeza se pregunta inmediatamente cuáles son las posibilidades de que me encuentre con él aquí. Me convenzo a mí misma de que las probabilidades son bastante bajas, de que de todos modos él no iría a la tienda un lunes.

Me toma veinte minutos agarrar todo lo que necesito de la tienda y salir. La tienda ha cambiado de dueño y los cajeros son tan jóvenes que estoy segura de que probablemente estaban en la escuela primaria o secundaria cuando me gradué del bachillerato, así que no reconocí a nadie allí y nadie me reconoció a mí.

Pongo todas las bolsas en el maletero de mi carro y me voy.

Estoy a diez minutos de mi casa cuando la radio se apaga sola. Sigo conduciendo, preguntándome cómo es posible eso cuando de repente las luces del tablero se apagan. Por miedo a que algo vaya realmente mal con mi carro, tomo la primera salida de la autopista. No es la que tomo normalmente, pero igual me llevará al mismo lugar, solo a nivel local.

Cuando salgo de la rampa de salida, me detengo al costado de la carretera principal. Apago el carro, me bajo y empiezo a caminar alrededor. Intento averiguar qué podría estar mal con esto. Me echo a reír de mí misma porque no sé nada de carros y no sería capaz de averiguar qué estaba mal si mi vida dependiera de ello. Quiero decir, todo lo que sé es que la radio y las luces se apagan solas.

—Sea lo que sea, probablemente no sea serio —me digo en voz alta, con la esperanza de hablar de eso. Luego, vuelvo al carro, me pongo el cinturón de seguridad y giro la llave.

—¡¿Me estás tomando el pelo?! —Grito cuando me doy cuenta de que el carro no enciende—. Quizás no debería haberlo apagado.

Me digo, como si eso me fuera a ayudar ahora.

Intento girar la llave una y otra vez, pero no pasa nada. Sin sonido de clic. No hay indicios de que el carro se dé cuenta de que hay una llave ahí.

No. Nada.

Saco la llave y lo intento de nuevo.

Hay un pequeño sonido como un golpeteo de fondo, pero después de unos segundos no sucede nada.

Sacando las llaves del carro por completo, salgo de nuevo y miro alrededor, ¿para qué? No tengo ni la más remota idea. Este no es un carro viejo, no debería causarme problemas, nunca antes lo había hecho. Pero supongo que cuando llueve a cántaros, ¿por qué no seguir agregando complicaciones a mi vida? ¿Por qué no descomponerse cuando no me siento bien?

Vuelvo al carro, lanzo una pequeña oración y pruebo la llave una vez más. Cuando la respuesta del carro es nada, me siento cada vez más frustrada.

Al diablo con esto.

Busco en mi bolso mi teléfono para poder buscar en Google el taller mecánico más cercano, la grúa o lo que sea. El servicio de asistencia realmente no viene por aquí, Forest Pines es un pueblo pequeño y todo, e incluso si lo hiciera, tardarían un par de horas en llegar. No tengo tiempo para eso.

¿He mencionado que llueve a cántaros? Bueno, déjame decirlo de nuevo, la vida tiene una forma de patearte mientras estoy deprimida porque en el momento en que agarro mi teléfono hace lo que hicieron mi radio y las luces del tablero, se apaga. Literalmente, en el momento en que lo desbloqueo, muestra el símbolo de batería baja y luego se apaga.

Intento encenderlo de nuevo, pero la maldita cosa se niega a volver a la vida. Echo la cabeza hacia atrás en el reposacabezas y me río.

—¡¿Es enserio?! —le pregunto a quién sea que esté enviando todo este mal karma a mí.

Me quedo en el carro unos minutos tratando de averiguar mis opciones. Supongo que también podría esperar a que alguien pasara y me ayudara. Sé cómo llegar a casa desde aquí. Es una caminata no muy larga, pero no es lo peor que podría pasar. Podría ir a casa y usar el teléfono de la casa del que mis padres no quieren que me deshaga, mientras mi teléfono se carga, para llamar a una grúa.

Eso es lo que haré, yo decido. Me iré a casa y llamaré a una grúa para que recoja mi carro y averigüen qué le pasa.

Con mi decisión tomada, abro la cajuela y saco la bolsa de compras con el helado. Hoy no tiene por qué empeorar por tener que comer helado derretido. No, solo tendré que hacer la caminata conmigo. Estoy segura de que sobrevivirá a la caminata hasta mi casa. De todos modos, es otoño, ¿qué calor puede hacer realmente?

Cierro las puertas y empiezo a caminar en dirección a mi casa.

CHRISTIAN

Tomo la salida de la autopista y reduzco la velocidad. Son las seis de la tarde y después de practicar durante tres horas, estoy listo para ducharme y dormir. Afortunadamente, Ari está en casa de su abuela esta noche y la llevará a la escuela mañana por la mañana. Literalmente puedo ir directamente a la ducha y luego a la cama. Con eso en mente, decido tomar la autopista a casa en lugar de mi ruta habitual.

Tomando la salida hacia mi casa, reduzco la velocidad cuando veo un automóvil en el lado derecho de la carretera. No hay luces de emergencia encendidas y, mientras conduzco, miro en su dirección para asegurarme de que todos estén bien. Me doy cuenta de que no hay pasajeros en el automóvil, lo que inmediatamente me dice que alguien lo dejó atrás por cualquier motivo. ¿Quizás se quedaron sin gasolina?

Me detengo a un lado de la carretera en frente del vehículo y salgo de mi camioneta. Doy una vuelta completa al vehículo para ver si tiene algún daño físico, pero no veo ninguno. Los neumáticos se ven bien y no hay fugas, por lo que puede ser que se quedaron sin gasolina, la batería dejó de funcionar o algo que no puedo diagnosticar con solo mirarlo. En cualquier caso, no hay nadie aquí, así que no puedo ser de ayuda.

Volviendo a mi camioneta, vuelvo a la carretera principal.

—Siri, llama a mamá —le indico.

El teléfono suena tres veces y puedo escucharlo a través de los parlantes de mi camión.

—Hola cariño —dice mi mamá respondiendo.

—Hola mamá.

—¿Estás llamando por Ari?

—Tienes a mi mayor tesoro en tus manos —le digo. Ari es la persona más importante en mi vida y en cualquier segundo que no esté con ella, rezo para que esté bien. Ella es mi todo.

—Y la cuido muy bien —ella responde.

—¿Qué hicieron hoy? —pregunto, agarrando velocidad.

—Fui por ella a la escuela... —mi mamá comienza, haciendo una pausa lo suficiente como para hacerme adivinar la siguiente parte de su oración—. Luego fuimos por un helado.

¡Lo sabía!

—¡No puedes seguir llevándola a tomar un helado, mamá! Ella va a tener caries o algo así.

—Una vez a la semana parece un buen número de veces para comer helado con la abuela —responde mi mamá.

—Me aseguraré de culparte de cualquier cosa que el dentista diga.

—Por mi nieta, asumiré la culpa.

—¿Puedo hablar con ella?

—Claro, un segundo —escucho a mi mamá llamar a Ari y mientras espero me doy cuenta de que ha comenzado a lloviznar y que el sol no se ve por ninguna parte.

Para cuando Ari se pone al teléfono, la llovizna se ha convertido en un aguacero en toda regla y no hay nada más que nubes en el cielo. Al encender los limpiaparabrisas, presto mucha atención a la carretera.

—Hola, papá —la voz de mi hija se escucha por el altavoz.

—Hola princesa, ¿cómo estás?

—Estoy bien. La abuela me llevó a comer helado —dice con alegría.

—Lo sé, voy a tener que detener a tu abuela de ir por ti a la escuela —le digo, tratando de obtener una reacción de ella.

—Por favor, no lo hagas. Me gusta cuando la abuela va por mí.

—Con todo el helado que te da, no veo por qué no lo harías —le digo. Mientras conduzco, veo a una mujer con una bolsa en la mano caminando por el lado derecho de la carretera. Apuesto a que es ella la dueña del carro con el que me encontré antes—. Niña, te llamaré tan pronto como llegue a casa. Recuerda comportarte.

—Siempre lo hago, papá.

—Hablaré contigo más tarde, te amo.

—Yo también te amo. —Cuelgo el teléfono y conduzco más cerca de la mujer que camina al costado de la carretera.

Bajando la ventanilla del lado del pasajero, toco la bocina.

—Hola, ¿es tu carro, el que está allá atrás? —Yo grito. Deja de caminar, pero no responde, así que lo intento de nuevo, más fuerte esta vez—. ¿Es tu carro el que está allá atrás?

Estoy seguro de que un extraño que baja la velocidad en medio de la noche junto a una mujer que está claramente sola y bajo la lluvia no suena ideal, pero solo estoy tratando de ayudar.

Se da la vuelta y cuando sus ojos se encuentran con los míos, sé por qué no me respondió.

15

—¿Es tu carro el que está allá atrás? —pregunta, repitiéndose. Cuando escucho su voz de nuevo, sé que no me equivoqué la primera vez. Puedo reconocer su voz en cualquier lugar, incluso ahora.

Respiro profundamente y luego me doy la vuelta. Odio no poder rechazarlo. Ignorarlo. Odio que incluso a pesar de lo mucho que me ha lastimado, no puedo evitar responder a su voz.

Si me hubiera llamado antes, en la universidad, le habría contestado.

Le habría dejado que me diera una explicación.

—Amari —mi nombre se escapa de sus labios en el momento en que ve mi rostro.

Asiento con la cabeza, confirmando que de hecho soy yo. Luego, sigo caminando. Tengo que ser más fuerte que la fuerza que él tiene sobre mí. Ahora soy mayor, debería ser más sabia. Lo suficientemente sabia para saber que él no es bueno para mí; me lo dijo él mismo hace años.

La lluvia aumenta su velocidad como si estuviera recibiendo señales de mi corazón. Supongo que es culpa mía por decir que cuando llueve, llueve a cántaros porque definitivamente está lloviendo ahora mismo.

—Amari —dice él de nuevo y por la proximidad de su voz y los faros de su camioneta, puedo decir que me está siguiendo. Solo quedan unos minutos más de esta caminata, quince minutos como máximo, luego estoy en casa. Entonces puedo arreglar el carro y llevarlo a mi casa. Puedo arreglarlo todo. Todo menos a mí. A nosotros. Esto.

—Maldita sea, Amari. Está lloviendo. Déjame llevarte.

Niego con la cabeza. No, gracias. Prefiero caminar descalza a través del cristal que subirme a un vehículo con él. En última instancia, es el mismo efecto, dolor y sufrimiento.

—Por favor. Estás caminando por el costado de la carretera, lo cual no es seguro. Está lloviendo. Podrías enfermarte o ser atropellada por un automóvil. Déjame llevarte a casa —él ruega.

—Estoy bien —respondo y sigo caminando por la carretera, el agua me golpea directamente en la cara.

—Sé que me odias, pero déjame al menos llevarte a casa. Puedes odiarme desde el interior del vehículo. —*Odiarlo*, no lo odio. Desearía hacerlo. Todo sería mucho más fácil si lo odiara. Pero lo que siento por él está muy lejos del odio.

—¡No! —grito en respuesta, esperando que eso lo haga retroceder.

—¡Maldita sea! —dice de nuevo y luego miro la parte trasera de su camioneta mientras se aleja. Siento decepción y me doy cuenta de que desearía que él hubiera seguido intentándolo. En ese entonces y tal vez incluso ahora. Espero a que sus luces traseras desaparezcan de mi vista, a que se aleje de mi vida como lo hizo en el último año de bachillerato, pero no es así. En cambio, veo que su camioneta se detiene a unos metros de distancia. La puerta del lado del conductor se abre y él se baja.

Camino más lento. No quiero llegar a su camioneta. Quiero que se vaya y me deje en paz, como lo hizo antes. Si lo ignoro, se marchará.

En lugar de pararse junto a su vehículo, Christian comienza a correr hacia mí. Aunque su camioneta está aparcada hasta el final de la carretera, le toma unos segundos llegar hasta mí. Lo observo mientras acorta la distancia entre nosotros. La lluvia cae sobre él, mojando su cabello y su ropa. Lleva una chaqueta de fútbol americano del bachillerato Bragan que ahora se le pega al cuerpo.

Viene a escasos centímetros de mí.

—Amari —dice, ya empapado. Me pregunto cómo me veré. Estoy segura de que mi cabello se me pega a la cara.

Afortunadamente, sé que no hay manchas de maquillaje porque no me puse ninguno hoy, así que sé que no hay lágrimas de rímel.

—¿Qué? —pregunto, esquivándolo y avanzando. Agarro velocidad. Cuanto más rápido camino, antes estaré en casa. Cuanto más rápido pueda alejarme de él.

Su mano toca mi brazo y me estremezco. Me detengo en seco y luego me giro para enfrentarlo.

—Por favor —lo vuelve a decir y la forma en que me mira me da ganas de darle todo lo que pide.

Incluso con el agua fría golpeando mi cuerpo, su mano se siente caliente sobre mi piel.

—¡¿Por favor qué?! —Salgo de mi ensueño. Alejo su mano y comienzo a alejarme de nuevo.

Se mueve rápidamente y está frente a mí en segundos. Ambos nos paramos al lado del camino uno frente al otro. Es un duelo de voluntades. Él no retrocederá y yo no cederé. No otra vez.

—Amari —él comienza y luego cierra los ojos. Cuando los abre, siento que está tratando de darme una ventana a lo que está sintiendo—. Déjame llevarte a casa.

Puedo escuchar la vulnerabilidad en su voz. Puedo ver la intensidad en sus ojos.

—Puedo caminar —le respondo, tratando de mantener la resistencia que está derribando lentamente.

—Es lo menos que puedo hacer después de... —él comienza, pero no se atreve a decir las palabras.

Doy un paso atrás, agregando algo de espacio entre nosotros.

—¿En serio crees que llevarme a casa puede compensar todo el daño que has hecho?

Se pasa los dedos por el pelo mojado.

—No, no lo creo.

Intento razonar con él.

—No estoy lejos de casa. Puedo caminar el resto del camino.

—Me sentiré aliviado sí sé que lo hiciste a salvo, si te llevo. Incluso puedo ayudar a reparar tu carro —dice, insistiendo.

—¿Cuándo te convertiste en mecánico? —No sé por qué hago la pregunta, pero la sonrisa en su rostro se siente gratificante, aunque no debería.

—Siempre seré lo que tú necesites que sea —dice con tono sincero. Pero sus palabras no me engañan.

—Eso es gracioso... —le digo sarcásticamente, negando con la cabeza.

Toma un suspiro exasperado.

—Déjame llevarte a casa.

Cruzo los brazos frente a mí, el agua me corre por la cara.

—¿Qué tal esto? ¿Por qué no haces lo que has hecho antes y me dejas en paz?

No me pierdo la forma en que mis palabras lo hacen estremecerse. Internamente, me siento orgullosa de poder lastimarlo también, aunque sea un poco.

—Te prometo que dejaré de molestarte si me dejas llevarte a casa.

Paso por su lado, una vez más.

—Amari —dice detrás de mí y la agonía en su voz rompe a través del hielo en mi corazón... o el hielo que desearía envolvería mi corazón. La verdad es que, cuando se trata de Christian, no puedo dejar de sentir. No puedo bloquearlo por completo. Es como si estuviera en una jaula, donde la puerta está abierta, pero me niego a escapar.

Solo puedo pelear con él por tanto tiempo.

—¿No puedes dejarme sola? —pregunto, mi voz quebrada, traicionando toda la fuerza con la que pensé que me había armado.

—No quiero. No quiero que te lleguen a lastimar.

Me doy la vuelta para mirarlo.

—Ya me lastimaron.

Asiente, escuchando las palabras que dejo sin pronunciar. Cerrando los ojos, respira profundamente y cuando los vuelve a abrir, me pregunto si está llorando. Luego sacudo ese pensamiento de mi cabeza, ¿por qué lloraría? Él no es el que está destrozado. Soy yo.

—Lamento eso. Sobre todo...

—Eso no es suficiente.

—Si pudiera volver...

—No puedes. —Lo corto

—Déjame llevarte a casa.

—¿Y entonces qué? —pregunto.

—Entonces, al menos sabré que estás a salvo.

—No sabías si estaba a salvo estos últimos seis años. ¿Por qué empezar a preocuparte por mí ahora?

—Sabía que estabas a salvo, Amari. Nunca dejé de preocuparme por ti. —Esas últimas palabras no son ciertas. Claramente, él no se preocupaba por mí. Ahora lo sé.

—¿Cómo sabías que estaba a salvo? ¿Cómo es posible que, al preocuparte por mí, como dices, hiciste lo que me hiciste?

—No importa cómo supe que estabas a salvo, solo sé que no habría podido irme a dormir por la noche si pensara que no lo estabas. Sé que no lo entiendes, y en parte es porque no quieres dejarme explicarte, pero me preocupo por ti más de lo que crees.

—No necesito tu explicación. —No la quiero. Han pasado seis años. Contarme todo ahora sería demasiado tarde.

—¿Entonces, puedes al menos dejar que te lleve a casa?

—Si digo que no, ¿me dejarás en paz?

—Si dices que no —dice y luego esboza la más leve de las sonrisas—, entonces me veré obligado a recogerte y arrojarte en la camioneta yo mismo.

Contengo una sonrisa. Pero me rindo. Él puede darse cuenta en el momento en que niego con la cabeza. Segundos después, caminamos juntos hacia su camioneta.

Dudo cuando llegamos a su camioneta y desearía que mi casa estuviera más cerca. Porque tiene razón, no es seguro para mí estar a oscuras con esta tormenta en esta calle. Por otra parte, si no hubiera pasado los últimos veinte minutos peleando con Christian en esta misma calle, ya estaría en casa.

Cuando no me muevo, jura exasperado. Entonces, inesperadamente, su mano agarra la mía y habla de nuevo.

—Puedes odiarme todo lo que quieras. Está bien, me lo merezco. Pero te llevaré a casa. Podemos ir en mi camioneta o iré caminando contigo, a tu lado, detrás de ti. Amari, está lloviendo a cántaros. Tienes frio. Ni siquiera estás usando los zapatos adecuados para caminar—. Miro mis tacones de trabajo que, por alguna razón, había olvidado que los estaba usando hasta ahora. En el momento en que los señala, siento que el dolor me sube por los pies—. La elección es tuya.

—Solo entraré si ya no me hablas. —Yo le digo.

—Haré lo que quieras que haga. —El asiente

Sé que no se rendirá, así que lo hago. Cuando a Christian Cole se le mete algo en la cabeza, cuando tiene una misión, no se rinde. Así es como sé que no me amaba. Si me hubiera amado, si se preocupara por mí tanto como dice, no se habría rendido conmigo.

Incluso si me hubiera sido infiel, lo cual él niega, lo habría escuchado. Puede que incluso lo hubiera perdonado, a pesar de lo mucho que iba en contra de mi naturaleza. Podríamos haber superado cualquier cosa juntos. Pero se rindió conmigo.

Camino hacia la puerta del pasajero y él da un paso adelante detrás de mí, abriéndola para mí. Al entrar, tiemblo en el momento en que tomo asiento. Estoy empapada, pero no es hasta que finalmente estoy protegida de la lluvia torrencial que empiezo a sentir el peso de mi ropa, el goteo del agua de mi cabello y la piel de gallina en mi cuerpo.

Supongo que la piel de gallina también podría deberse a la forma en que mi cuerpo reacciona a la proximidad de Christian. Una vez me hizo sentir segura. Me hizo sentir amada. Ahora, verlo es un recordatorio de sufrimiento. Una parte de mí que nunca pude arreglar. Una parte de mí, que el tiempo y la distancia, no pudieron hacer nada.

Poniéndome el cinturón de seguridad, miro hacia adelante y no lo miro cuando entra por el lado del conductor.

—Gracias —dice, encendiendo el vehículo.

Ignoro sus palabras. Ya hemos dicho suficiente, he dicho suficiente.

—¿Qué le ha pasado a tu carro? —pregunta y me doy cuenta de que está tratando de entablar una conversación a pesar de que accedió a no hablar conmigo.

Me encojo de hombros. No sé qué le pasó a mi carro. Simplemente no funcionó, como la mayoría de las cosas en mi vida. Nunca debería haberme mudado aquí. Sabía que encontrarme con él siempre era una posibilidad. Sabía que era posible que nunca se hubiera ido. Supongo que quería averiguarlo por mí misma. Pero obtuve mucho más de lo que esperaba.

Finalmente, el realiza y hace las paces con el hecho de que no voy a hablar, conduce el resto del camino en silencio y estoy agradecida por ello. Inclino mi cabeza contra la ventana y me seco las lágrimas que corren por mi rostro en silencio. Espero que él no se haya dado cuenta. No quiero darle el privilegio de mostrarle mis heridas. Mostrándole lo frescas que están. No quiero que gane.

En lo que parece una eternidad después, pero probablemente solo fueron unos minutos, llegamos a la casa de mis padres, mi casa.

—¿Cómo sabías que vivía aquí? —Le pregunto y me arrepiento de inmediato, supongo que no pude evitar decirle algo, cualquier cosa. Vivir en la casa en la que crecí tiene sentido.

—Pensé que, si regresabas, estarías aquí. Lo confirmé hace un par de días.

—¿Lo confirmaste cómo?

—Me detuve. Quería explicarte, que entendieras por qué tuve que hacerlo.

Intento no demorarme en su admisión.

—Es demasiado tarde para hacer las paces, Christian.

—Estoy vivo. Estás viva. Mientras estemos respirando, no es demasiado tarde para arreglar las cosas que están rotas.

—Las cosas que rompiste no se pueden arreglar —le digo, salgo de la camioneta y cierro la puerta.

16

Salgo de la camioneta también y camino resueltamente hacia ella. Espero que se equivoque con lo relacionado a arreglar las cosas, pero no presionaré más, hoy no—. Bueno, entonces, ¿puedes dejarme al menos arreglar tu carro? —pregunto, sabiendo que probablemente dirá que no. Aunque no la culpo. Ni por una sola cosa. Yo soy el que tiene la culpa aquí; hice lo incorrecto. E independientemente de cuánto quiera arreglar eso, ella no quiere escucharlo. Aún no. Hablaré con ella cuando esté lista. Seguiré insistiendo hasta que ella me escuche o me aleje de ella.

Noto la vacilación en su rostro. El cansancio detrás de sus ojos. Las lágrimas que trató de ocultar mientras la llevaba a casa. Las lágrimas las sentí en mi alma mientras ella las derramaba. Cada gramo de dolor que ella siente, yo también lo siento. Nada duele más que saber que soy la causa de su dolor, las grietas en su corazón. Del sufrimiento que siente.

Ella era pura e inocente cuando la conocí. Ella era sarcástica pero también llena de esperanza. Ella era una hermosa historia que estropeé. No quería arruinarla. No quería derribarla.

No quería destruirla.

Pero mirándola aquí, frente a mí, sin fuerzas ni ganas de pelear más, me doy cuenta de que hice más daño del que esperaba. Empeoré las cosas al dejarla cuando debería haberme quedado. Pensé que me superaría, que nos olvidaría ... Pensé que volvería a ser la chica que era antes de que yo entrara en su vida. Estaba equivocado.

Me lanza una mirada que solo puede describirse como una derrota—. Date el gusto —dice después de unos segundos y sus palabras me dan más esperanza de la que he sentido en años. Para ella, puede que no signifiquen mucho, pero para mí significan que ella me está dejando entrar. De alguna manera. Ella no rechazó mi ayuda. Sé que probablemente sea porque está cansada de discutir conmigo, pero no me importa. Quiero ayudarla en todo lo que pueda. Dice que es demasiado tarde para arreglar las cosas, pero no me lo creo. No quiero creer eso.

—¿Puedo tener las llaves del carro? —pregunto, mis palabras mesuradas. No quiero que cierre la pequeña ventana que ha abierto para mí.

Agarra sus llaves del interior de su bolso y luego me extiende la mano. Acorto la distancia entre nosotros, mi mano se mueve hacia la de ella. En el momento en que nos tocamos, siento una electricidad correr por mis venas. La gran parte que cae de una montaña rusa es la mejor manera en que puedo describir la sensación de su mano en la mía, pero incluso eso palidece en comparación. Sosteniéndome de ella durante unos segundos demasiado, me alejo. Si aguanto más, sé que perderé el poco control que me queda. Cederé a mi deseo de tenerla en mis brazos. Pero no lo haré si eso no es lo que ella quiere. A pesar de lo mucho que quiero abrazarla. Cómo me duele el cuerpo por mostrarle cuán importante es ella para mí; cuánto la quiero. No lo haré hasta que ella me perdone. Hasta que ella me lo pida.

La amo más ahora que nunca, pero sé que no lo creerá. No cuando me ve como la causa de todo su sufrimiento, como un infiel que la traicionó de la peor manera.

Abro mi mano y ella deja caer las llaves en ella. Me alivia que no esté peleando conmigo por esto.

Da un par de pasos hacia atrás, se da la vuelta y abre la puerta de la casa en la que se crio, una casa a la que me colé muchas veces antes. Recuerdo lo diferentes que eran las cosas antes. Qué fáciles eran las cosas.

Lo arruiné, pero ese error me dio a Ari, así que tengo que estar agradecido de alguna manera.

Perdí a Amari y gané a Ari.

Pensé que podría vivir con una y no con la otra, pero la realidad es que las quiero a las dos.

Lucharé por el final feliz que no me permití tener cuando estaba en el bachillerato. Tomé la decisión que tomaría un chico en ese entonces. Ahora soy un hombre, así que haré las cosas de manera diferente. Las haré mejor.

—Traeré las llaves y el carro más tarde —le digo.

Ella no responde. No se da la vuelta para mirarme de nuevo. En cambio, Amari entra a la casa y cierra la puerta.

Miro las llaves y noto que todavía tienen el llavero. El del corazón. El que le di cuando le dije que la amaba por primera vez. Me quedo allí bajo la lluvia sonriendo a las llaves durante un par de minutos. La esperanza crece dentro de mí. Mantiene una parte de mí con ella en todo momento. Tal vez su cabeza se ha rendido conmigo, pero su corazón definitivamente no.

Caminando hacia mi camioneta, entro por la puerta del lado del conductor y mis manos van a mis llaves que cuelgan del arranque. Al juntar los llaveros, veo que la flecha todavía encaja en su lugar en el corazón. Por cursi que sea, espero que lo mismo se aplique a Amari y a mí.

17

ME DESPIERTO CON EL SOL BRILLANDO EN MI ROSTRO. AL abrir los ojos, espero hasta que me adapte a la luz. Tomo un poco más de lo habitual para levantarme de la cama porque estoy agotada, física y emocionalmente.

Desenchufo mi teléfono de su lugar en el cargador y miro la hora. Son las 6:00 am. El sol que entra en mi habitación delata el tiempo real. Uno pensaría que son las 2 de la tarde con la fuerza de los rayos... eso es lo que pasa al vivir en Nueva Inglaterra. No importa que se suponga que sea otoño, el verano se alarga y el sol siempre está ansioso por hacer acto de presencia.

Me incorporo y respiro profundamente. Cuando me levanto de mi cama, camino hacia la ventana y miro afuera. Allí, al costado de la calle, veo mi carro.

En mi confusión, esperaba que anoche fuera un sueño, una pesadilla. Sinceramente, desearía que todo hubiera sido producto de mi imaginación. Que en realidad no me había encontrado con él o había aceptado dejar que me trajera a casa. No puedo creer que incluso fui tan lejos como para darle mis llaves para que pudiera traer mi carro de regreso. A pesar de lo mucho que desearía que no fuera así, ayer fue real.

Tan real como su mano tocando la mía. Tan reales como las emociones que me recorrieron mientras la lluvia caía sobre nosotros. Tan real como la intensidad en sus ojos cuando me rogó que dijera que sí a que me llevara a casa. Ojalá hubiera tenido la misma intensidad, ese mismo impulso, en ese entonces. Ojalá me hubiera pedido que me quedara entonces.

Sacudiendo la cabeza, aparto esos pensamientos de mi cabeza. No puedo olvidar la verdadera razón por la que me dejó. No me pidió que me quedara. No me quería. Tuvo una hija con otra persona. Dejó embarazada a otra persona mientras estaba conmigo, esa es la única explicación que tiene sentido para mí. No fui la única.

Todavía en pijama, salgo de mi habitación y bajo las escaleras. En el momento en que llego a la puerta, noto que las llaves están en el piso justo debajo de la ranura del correo. Las recojo y abro la puerta. Dando la bienvenida a la brisa y al calor, no hay señales de la tormenta de ayer. Todo ya ha sido olvidado, borrado. Excepto que todavía está fresco en mi memoria.

Bajando los escalones lentamente, recuerdo cómo se paró aquí a mi lado como lo había hecho muchas veces. Esta vez no me dio un beso de buenas noches mientras esperaba que mis padres no nos atraparan. No iba a trepar al árbol del costado de mi casa y tocar mi ventana. No me abrazaría en toda la noche mientras dormíamos.

Mientras me seguía hasta la puerta anoche, no fue lo mismo. ¿Como puede ser?

Cuando me acerco a mi carro, me doy cuenta de que los limpiaparabrisas sujetan una hoja de papel. No está mojado ni manchado, lo que me dice que probablemente lo pusieron temprano esta mañana. Me pregunto cuánto tiempo le tomó llegar hasta aquí.

Levanto el limpiaparabrisas y quito el papel. Sin concentrarme en las palabras, desdoblo la hoja de papel, miro la letra y la reconozco al instante. Christian.

Camino de regreso a la puerta principal y me siento en los escalones antes de leer la carta.

Amari,
Tu carro necesitará una batería nueva. Tu apuesta más segura es no conducirlo hasta que haya sido reemplazada; de lo contrario, volverás a quedarte varada.
Me complacería conseguir una y reemplazarla por ti para que no tengas que preocuparte por los costos.
Gracias de nuevo por dejarme ayudar.
Honestamente, es lo menos que puedo hacer después de todo lo que he hecho.

Me detengo allí, dándome cuenta de que me voy a quedar atrapada pensando en cómo llegar al trabajo hoy, ya que no podrá simplemente comprar una batería ahora mismo. Quizás Hannah pueda pasar por mí. Lo que pasa con las ciudades pequeñas es que Uber no existe. Hay autobuses, pero esas cosas tardan una eternidad y probablemente llegaré tarde.

Algo dentro de mí me dice que mis preocupaciones sobre el transporte son solo mi excusa para no seguir leyendo sus palabras. En desafío, procedo.

Sé que probablemente te estés preguntando cómo vas a llegar al trabajo y aquí es donde entro yo de nuevo.
Ahora trabajo en el bachillerato como entrenador de fútbol. Eso no está muy lejos de ti. Supuse que como directora tienes que llegar temprano. Estaré fuera de tu casa a las siete quince.
Probablemente no quieras volver a subir a la camioneta conmigo, pero aun así estaré allí. Ni siquiera tienes que hablar conmigo si no quieres. Puedes ignorarme todo el camino como lo hiciste anoche.
Sé que estás pensando lo peor de mí en este momento y te prometo que ese no es el caso.
Te juro que no te fui infiel. Quiero explicarte. Pero una carta no sirve para eso, hay demasiado que decir. O, mejor aún, demasiadas cosas importantes.
Sin embargo, no te presionaré para que me hables. Cuando estés lista, estaré aquí... esperando.
Me he alejado de ti antes. No me enojaré si te alejas de mí esta vez, pero debes saber por qué tomé mis decisiones hace seis años antes de que tú tomes las tuyas.
Nunca dejé de amarte,
Christian

CHRISTIAN

Doy vueltas y vueltas en la cama. Saco mi teléfono de debajo de la almohada y miro la hora. Apenas son las seis, no he dormido nada y no tengo tiempo para seguir intentándolo, no es que funcione de todos modos. Mi cabeza corre a un millón de millas por minuto pensando en lo que puedo hacer para recuperar a Amari... sí es que hay una posibilidad.

Después de dejar a Amari anoche, volví a donde estaba estacionado su carro. Me tomó cinco minutos descubrir qué le pasaba. Lo puse en marcha después de darme cuenta de que se le había agotado la batería. Yo hubiera ido a comprarle una batería nueva si hubiera algo abierto a esa hora.

En cambio, todo lo que pude hacer fue conducir su auto de regreso a su casa. Todas sus luces estaban apagadas y juro que tenía este deseo de volver a los viejos tiempos. Para trepar al árbol y golpear su ventana. Le suplicaría que me dejara entrar y rezaría para que las cosas volvieran a ser como eran antes. No quería nada más que sostenerla en mis brazos y secar las lágrimas que causé. No quería nada más que sentir sus labios en los míos una vez más. Los labios que no he probado en seis años ... en demasiado tiempo.

Mientras caminaba de regreso a donde estaba mi camioneta al costado de la carretera, mi cabeza era como una película repitiendo todas las veces que pasé con Amari. Fue como una película llena de momentos dignos de destacar. Todo fue genial desde el momento en que ella entró en escena. Mi película, sin ella como personaje, era oscura y confusa como el infierno. Yo en ese entonces era destructivo. Ella calmó la tormenta que se gestaba dentro de mí. El volcán que entraba en erupción a menudo y arruinaba todo a su alrededor.

Tenía miedo de arruinarla, pero ella tenía esta habilidad dentro de sí misma, algo que ni siquiera sabía que tenía, para cambiarme. Me convertí en una persona diferente gracias a Amari. Lamentablemente, las decisiones que tomé antes que ella me siguieron y finalmente se extendieron a la nueva versión de mí que había construido con ella.

Llegué a mi casa una hora más tarde y me senté allí pensando en todas mis opciones. La cuestión es que, si hubiera podido hacer cualquiera de ellos de manera diferente, no lo haría porque significaría que no tendría a Ari.

Por muy malas que fueran las cosas, no cambiaría a mi hija por nada.

Pero, hombre, hubiera sido increíble tener a Ari con Amari.

Estaba tan frustrado conmigo mismo que no podía dormir. Miré por la ventana esperando que cesara la lluvia y cuando lo hizo, a las 3 am, decidí escribirle una carta a Amari.

Decidí ofrecerle un aventón al trabajo, esperando que

no me rechazara. Necesito explicarle todo, no solo porque la quiero de vuelta, sino porque ella se merece al menos eso. Conduje hasta su casa y puse la carta en su parabrisas a las 4:30 am. Espero que marque la diferencia.

Me levanto de la cama, me meto en la ducha y me preparo para ir a trabajar. Mirando mi reloj, veo que son las siete. Amari todavía vive en la casa de sus padres, que está a solo unos minutos de la casa que compré para mi hija y para mí. Supongo que quería estar lo suficientemente cerca de ella por si acaso volvía. Nunca pensé que lo haría, sus padres me lo dijeron cuando les pregunté.

Bajando las escaleras, sirvo el café recién hecho en dos vasos desechables y luego salgo por la puerta. Mientras conduzco hacia la casa de Amari, me preparo para la posibilidad muy real de que ella ya no esté allí. Que descubrió otra forma de llegar al trabajo. Que se dio cuenta de que yo no valgo su tiempo y que mi deseo de explicar las cosas era demasiado tarde. Mal crono-metrado.

Me preparo para que vuelva el sentimiento de pérdida. La he perdido, pero la quiero de vuelta... Sólo espero que después de que ella me escuche, si ella me escucha, ella también me siga amando.

18

ME DETENGO JUSTO DETRÁS DE SU CARRO Y UNA SONRISA SE apodera de mi rostro. No trató de conducirlo, es una buena señal, significa que ha leído mi carta. Espero unos minutos después de las siete quince y luego salgo de mi camioneta. Subiendo las escaleras, llamo al timbre a la izquierda de la puerta principal y espero a que ella conteste.

Cuando no sale, vuelvo a tocar el timbre tres minutos después. El resultado es el mismo. De regreso a mi camioneta, me siento allí hasta las siete cuarenta esperando alguna señal de que ella todavía está adentro.

Salgo de mi camioneta un par de veces más, camino de un lado a otro entre la puerta de su casa y mi camioneta, y luego me doy cuenta de que no sirve de nada. Ella no está aquí. Sabía que este era el escenario más probable; anoche tuve que rogarle que se subiera a mi camioneta y me tomó una eternidad, pero todavía me golpea una punzada de decepción.

Trabaja duro por las cosas que quieres, me recuerda mi cabeza. Quiero que Amari me perdone, necesito que lo haga. Le daré el tiempo que necesite. Poniendo mi camioneta en marcha, me dirijo en dirección al bachillerato.

Decido llamar a mi mamá para asegurarme de que se levantó esta mañana y dejará a Ari en la escuela.

—Hola mamá, ¿estás despierta? —digo en el momento en que contesta el teléfono.

—Sí lo estoy. —Puedo imaginarla sacudiendo la cabeza hacia mí asegurándose de que se despertara para llevar a Ari a la escuela.

—¿Cómo está Ari? —pregunto.

—Ella está tomando lo último de su desayuno y luego nos vamos a la escuela.

—Gracias. ¿La recogeré de tu casa después de la escuela a eso de las seis? —Confirmo nuestros planes habituales. Termino la práctica de fútbol hoy a las cinco y media, después iré a casa de mi mamá.

—Eso funciona. Le ofrecí llevarla a comprar el vestido de baile de padre e hija, pero ella dijo que quería ir a comprarlo contigo. —¡Mierda! Con todas las cosas locas sucediendo, me había olvidado de ese baile.

—Iré con ella después de que la recoja —le digo a mi madre. El baile padre-hija es el próximo domingo. Afortunadamente, tengo toda una semana para asegurarme de que tenga el vestido de sus sueños. En su cabeza, el baile será como uno de los bailes que ocurren en las películas de princesas, así que tengo que hacer todo lo posible para igualarlo.

—¡Excelente! Puedo ir contigo si necesitas ayuda —ofrece mi madre.

—¡Nos encantaría! —Necesito toda la ayuda que pueda conseguir. No puedo decir que sea un profesional cuando se trata de averiguar qué debe usar Ari. Probablemente le consiga lo que quiera. Creo que también necesito un traje; no me he puesto traje desde los partidos de fútbol en el bachillerato. Supongo que ahora necesitaré un traje para los partidos fuera de casa, así que bien podría golpear dos pájaros de un tiro.

—Está bien, ha terminado con el desayuno, así que nos vamos a la escuela —me dice mi mamá, apresurándome a colgar el teléfono.

—¡Excelente! Las veo más tarde, chicas —le digo.

Cuelgo el teléfono y veo la escuela primaria a la que va mi hija a mi derecha cuando paso por delante. Todo el autocontrol sale por la ventana y doy la vuelta al vehículo y me dirijo a la escuela. Al entrar en el estacionamiento, estaciono mi camioneta y golpeo mi cabeza contra el volante.

No debería estar aquí. Debería regresar al trabajo. Por otra parte, no es como si tuviera que llegar muy temprano. En realidad, no tengo que estar hasta un tiempo después, ya que me quedo después de la escuela.

Pero llegar temprano no hará daño, ya que tenemos un juego en dos semanas y debería estar allí preparando el plan de juego. Finalizando todos los detalles y posiciones.

Tendrás tiempo, eso puede esperar. La voz dentro de mi cabeza me facilita la decisión y apago la camioneta y salgo de ella y empiezo a caminar hacia la puerta principal de la escuela.

Hago una pausa en seco cuando me doy cuenta de que necesito una excusa, aunque sé que ella lo entenderá. De regreso a mi camioneta, miro en el asiento trasero y veo la caja de crayones de mi hija junto a su asiento para el automóvil. Perfecto.

Tomando la caja en mis manos, cierro la camioneta y reanudo mi misión.

AMARI

—GRACIAS DE NUEVO POR EL AVENTÓN —LE DIGO A Hannah en el momento en que deja mi oficina después de nuestra sesión informativa matutina. Me gusta reunirme con ella todas las mañanas y discutir el plan del día. Hablamos de lo que se necesita lograr y de todo lo que se desarrolló de la noche a la mañana, no es que algo realmente lo haga; después de todo, es escuela primaria.

—¡No hay problema! Así que recuerda, el baile es el próximo domingo. Es un baile de padre e hija y la asistencia del director es obligatoria.

—¿Cómo podría olvidarlo? ¿Sabías que estamos gastando 3,000 dólares en un DJ? —Le digo, todavía sorprendida.

Hannah me mira y se ríe.

—Bienvenida a la escuela primaria.

—¡Eso ni siquiera tiene sentido! —Le digo—. ¿Quién necesita gastar tanto dinero en un DJ para una fiesta para niños que probablemente no lo recuerden?

—Apuesto a que a los niños no les importaría si la música saliera de un teléfono conectado a un altavoz —dice Hannah.

Asiento con la cabeza.

—¡Exactamente mi punto! Entonces, ¿por qué gastamos tanto? —Debería haber rechazado la solicitud.

—No tengo idea. Eso es lo que querían la Señorita Riley y la Señorita Nichols. Este es su bebé. Todos los años piden cosas exageradas...—me dice Hannah.

—¿Lo consiguen todos los años? —Si Hannah dice que sí, me sentiré menos tonta.

—No, ellos no lo consiguen. Creo que eres la primera persona en no vetar a su DJ de tres mil dólares. Definitivamente te adoran.

—Más les vale.

—Créeme, te los has ganado durante al menos un año con lo que gastamos en un DJ.

—¿Un año? Será mejor que sean al menos dos— le digo a Hannah y me río.

Un golpe en la puerta capta nuestra atención.

—Adelante —le digo.

Lentamente, la puerta se abre y Hannah y yo la miramos esperando a ver qué maestro traerá la siguiente petición escandalosa.

Aunque la broma es para nosotras... o supongo que para mí.

La persona que entra definitivamente no es un maestro. En realidad, es un padre, uno con su propio conjunto de peticiones escandalosas.

Hannah se levanta del asiento como si estuviera en llamas.

—Hola, señor Cole —dice y mantengo mis ojos en ella. Observo la forma en que sus mejillas se enrojecen en presencia de Christian. Veo la forma en que mueve su cabello y extiende su mano para estrechar la de él. Veo a la extrovertida, hermosa y segura Hannah lucir nerviosa. Supongo que no soy la única que siente que le han quitado la alfombra cuando él está cerca.

—Hola, señorita Robles —él responde, su mano estrechando la de ella, pero sus ojos perforando un todo en mi costado.

No tengo que mirarlo para saber que me está mirando. Puedo sentirlo. Siempre he podido.

—Llámame Hannah, por favor —dice—. ¿Necesita algo?

No sé por qué su interacción con él me molesta tanto como lo hace. Por otra parte, probablemente sea porque ella está muy dispuesta a atenderlo. No debería molestarme, ella es así con todos los padres. Es su trabajo asegurarse de que tengan lo que necesitan. Ella es la guardiana y no estaba en la puerta, así que tiene sentido.

Pero todavía no me gusta.

En parte porque, independientemente de lo mucho que quiera no quererlo, lo hago. Quiero ser la única que pueda proporcionarle lo que él necesita. *Lástima que lo consiguió en otro lugar... con alguien más.*

—Mi madre traerá a Ari en unos minutos. Ella dejó su caja de lápices de colores en mi camioneta, así que quise traerla en caso de que ella la necesitara —él responde y de inmediato me siento escéptica.

Todavía estoy enfocando mi atención en Hannah y la veo asentir y luego extender su mano para agarrar los crayones. Fijo mi atención en sus manos. Son firmes y fuertes. Una vez pensé que podrían soportar el peso del mundo si fuera necesario.

No he pensado mucho en su carta desde que llegué al trabajo, pero sabía que no podía dejar que el me diera el aventón a la escuela. Sabía eso al igual que sé que dejar la caja de crayones de su hija no es la razón por la que él está realmente aquí.

—¿Eso sería todo? —Hannah pregunta y puedo decir que está captando la tensión en el lugar. Principalmente porque no estoy haciendo nada para tratar de ocultarlo. Cualquier otro padre y yo me hubiera levantado de mi silla y le hubiera dado la mano. Hubiera tenido una pequeña charla y tratado de que vieran que las cosas van bien. Me esforzaría por aumentar su confianza en mí. Cualquier otro padre y yo estaríamos haciendo las cosas de manera diferente a como lo hago ahora. Yo sé eso. Hannah lo sabe. Christian definitivamente también lo sabe.

Hablando de eso, Christian se aclara la garganta.

—¿Podría tener un momento a solas con Amar, digo la directora Santana? —dice, corrigiéndose a sí mismo.

—Seguro —dice Hannah. Sus ojos encuentran los míos y me lanza una mirada que me dice que no tiene idea de qué hacer a continuación.

—Gracias —dice Christian y por un segundo ambos se quedan parados frente a frente. Hannah toma eso como su señal para irse y sale de mi oficina, dejándonos a mí y a Christian solos. Me levanto de mi silla, finalmente, y doy la vuelta a la mesa hasta el otro lado de mi escritorio.

Quiero asegurarme de que haya algo de distancia entre nosotros, aparte de los sentimientos, algo físico que sirva de barrera en caso de que las que he puesto internamente colapsen.

19

CHRISTIAN

Ni siquiera me ha mirado desde que entré en su oficina. Sabía que no debería haber venido, pero no podía controlar mi corazón. Ya no puedo. Dejé que decidiera en lugar de mi cabeza porque la última vez que dejé que mi cabeza controlara las decisiones del corazón, no fue demasiado bien.

—Hola —le digo tomando asiento frente a ella en el momento en que la Señorita Robles sale de la oficina.

—Hola —responde, toda muy tiesa y formal. Se cruza de brazos frente a sí misma y, aunque sé que estoy metido en una mierda con ella, no puedo evitar sonreír ante su gesto. Es la misma pose que solía tomar cada vez que la enojaba, lo que nunca duró mucho. Espero que no dure mucho ahora.

—¿Por qué sonríes? —pregunta, descruzando los brazos y colocando las manos sobre su escritorio.

—Lo siento, no pude evitar pensar en la cantidad de veces que hiciste eso cuando...

—Entiendo —dice, interrumpiéndome antes de que tenga la oportunidad de decir las palabras "éramos novios".

Asiento con la cabeza, tratando de averiguar qué decir a continuación antes de que me eche a la fuerza de su oficina.

—Pasé por tu casa hoy.

—No tenías que hacerlo —responde ella, sin perder el ritmo.

—Lo sé, pero te dije que lo haría. Estuve allí e incluso llamé a tu puerta un millón de veces.

Ella no reacciona.

—Me había ido.

—Lo sé. Me di cuenta de eso después de estar sentado en mi camioneta por veinte minutos —respondo con una risa nerviosa.

—No deberías haberte molestado —dice de nuevo, sus ojos me muestran una frialdad que me preocupa. Sin embargo, ahora es un aspecto familiar. Es la forma en que me ha mirado desde que la vi de nuevo. Es la forma en que me miró *ese* día. Su cabeza está levantada mientras trata de no encogerse frente a mí. Sé que es fuerte.

Me levanto de la silla, sintiendo que me está restringiendo. Empiezo a pasear por su oficina, probablemente pareciendo alguien loco.

—Tu carro no estaba funcionando, así que quería asegurarme de que tuvieras una manera de llegar al trabajo. —Muevo mis manos nerviosamente mientras hablo.

—Eso no es tu problema para que te preocupes —responde ella, sin levantarse de su silla. Como la última vez, ella se sienta allí y solo me ve convertirme en un manojo de nervios ante sus ojos.

—No puedo evitar preocuparme por ti —digo, en voz baja mientras trato de ocultar la desesperación que siento.

—No parecías preocuparte por mí antes. —No hay emoción detrás de sus palabras. Simplemente monótono y su comportamiento distante me hace sentir peor.

—Todo lo que hago es preocuparme por ti —le digo con honestidad.

—Tienes una forma divertida de demostrarlo —dice, su voz más fuerte mientras se levanta de su silla. Lo suficientemente alto para mostrarme que está enojada, lo suficientemente bajo como para evitar que alguien fuera de estas cuatro paredes la escuche.

Sin embargo, me gusta que esté enojada porque significa que todavía siente algo por mí. Ella no se ha rendido conmigo del todo.

—Puedo explicarte todo mejor si me dejas. Incluso podrías entenderme.

Me mira como si fuera la peor persona sobre la faz de la tierra. Para ella, muy bien podría serlo.

—No queda nada por explicar.

—¡Sí lo hay! —Yo discuto.

—Deberías haberme explicado hace mucho tiempo —suspira

—¡Te fuiste!

—¡Me pediste que me fuera! Me rogaste que me fuera. Me rompiste el corazón. Tú me dejaste primero. —Ella está en lo correcto.

—No quería —le digo, llevando mis manos a mi cabello, tiro de sus extremos mientras trato de mantener mi voz baja y mis emociones a raya. Sé que dicen que no es varonil que los hombres lloren, pero no puedo evitar querer hacerlo.

—¿No querías... en serio? Nadie puso una pistola en tu cabeza. Nadie te dijo que me dejaras atrás. Nadie te dijo que me rompieras el corazón en medio del pasillo frente a todos.

La emoción detrás de sus palabras, la mirada rota en sus ojos, la forma en que sus manos agarran su escritorio me hace sentir como una mierda de nuevo. Odié hacerle eso a ella entonces, pero pensé que era la mejor opción.

Pensé que era mi única opción, la única forma en que podía evitar arruinar su vida.

—Te dije que no te enamoraras de mí.

—Lo hiciste... Tenías razón. Debería haberte escuchado.

Asiento con la cabeza.

—Tu error fue enamorarte de mí. No deberías haberlo hecho. —Amarme fue el único error que ella cometió. Darme su corazón, su risa, ella misma, ese fue su error porque no me lo merecía. Pero ella me lo dio de todos modos, a pesar de mis advertencias, e hice todo lo posible para protegerlo. Cambié el curso de mi vida por esta chica, esta mujer frente a mí. Lástima que mi pasado me atrapó y los nuevos cambios que había hecho no importaban. Al pasado no le importa tu presente.

—Demasiado tarde para volver atrás y cambiarlo —responde ella, toda la emoción abandona su voz.

—No quería dejarte —repito, con la voz quebrada.

Se le humedecen los ojos y su voz delata la frialdad que ha intentado retratar.

—¿Entonces por qué lo hiciste? —pregunta y entiendo lo confuso que es todo esto para ella. Ni siquiera sé cómo empezar a explicarlo.

—Porque, ¿qué podría haberte ofrecido, Amari? —Le pregunto, esperando que se dé cuenta de que tomé la decisión correcta. Pero siento que solo estoy tratando de convencerme de algo en lo que ya no creo.

—¿Qué quieres decir? —pregunta. Amari siempre tuvo una visión más grande para mí que la que yo tenía para mí. Ella pensó que yo era mejor de lo que realmente era.

—¿Qué futuro tenías conmigo? —No fui lo suficientemente bueno para ella. Todavía no lo soy.

—El futuro del que hablamos. Se suponía que ambos íbamos a la universidad juntos. Podrías haber jugado al fútbol. Y yo...

—¿Tu qué?

—No me importaba lo que hiciera mientras estuviera contigo. —Sus palabras confirman mi miedo. Ella habría abandonado sus sueños por los míos. Ella habría dejado pasar sus metas mientras se enfrentaba a las consecuencias de mis acciones.

—Estás haciendo lo que siempre has querido hacer —le digo. Siempre hablaba de lo mucho que amaba la educación. Ella era la preferida de los maestros. Lo noté el primer día que la conocí, pero con ella no me molestó. Ella se inspiró en los maestros, quería ser ellos algún día. Sabía que ella sería lo que quisiera ser y no quería interponerme en eso.

AMARI

—Ambos podríamos haber logrado esos sueños juntos —le digo. Sí, admito que lo amaba tanto que lo habría seguido hasta el fin del mundo si me lo hubiera pedido. Pero nuestros objetivos no eran mutuamente excluyentes. No era una cosa ni la otra. Podríamos haber seguido nuestros sueños juntos.

—¿En serio piensas eso? —pregunta y por mi vida no puedo entender por qué pensó que nuestras piezas del rompecabezas no encajaban en ese entonces.

Niego con la cabeza sabiendo que cada segundo que paso hablando con él, estoy reabriendo heridas que no han sanado por completo.

—No importa ahora —le digo, mi voz quebrada una vez más.

—Tenía que dejarte. No tuve elección —dice esas palabras como si realmente las creyera. Como si alguien lo hubiera obligado a dejarme ese día.

—Todos siempre tienen una opción. —Incluso si las cartas están en tu contra, incluso si la elección es más difícil, incluso si la elección no es justa, siempre hay una elección.

—Descubrí que la madre de Ari estaba embarazada en el último año de bachillerato.

No reacciono a sus palabras. Eso ya lo sabía, ya me lo dijo.

—Rompiste conmigo porque me engañaste... —Le vuelvo a echar en cara la acusación que ha negado antes.

Rodea mi escritorio y se para frente a mí.

—¿Cómo puedes decir eso?

—Es cierto —le digo, mi voz vacila una vez más.

—¿Cómo puedes pensar que sería capaz de eso? —pregunta y su tono hace que suene como si estuviera ofendido de que el pensamiento siquiera cruzara mi cabeza.

Lo miro a los ojos y no escondo lo que siento.

—No pensé que serías capaz de romper conmigo de la forma en que lo hiciste, pero claramente no te conocía muy bien.

Lleva sus manos a mis mejillas y todo dentro de mí se derrite. Sin embargo, externamente, trato de mantenerlo unido.

—Me conocías mejor que nadie, fuiste la única que realmente me conocía. —Sus ojos no dejan los míos mientras habla.

Se me escapa una lágrima y estoy enojada conmigo misma por no echarlo en el momento en que caminó en mi oficina. Por dejar que me llevara a casa anoche. Por no correr por las colinas en el momento en que me di cuenta de que todavía vivía en este pueblo. Por dejar que se acercara así de nuevo a mí.

—Yo nunca te engañaría, Amari —él agrega.

—Eres un mentiroso —le digo mis palabras sin confianza porque ya no sé qué creer.

—Me conociste cuando me trasladé a tu escuela. Sabías que tenía un mal pasado —él comienza.

—¿Y qué? ¿Ahora tu pasado es responsable de las decisiones que tomaste mientras estabas conmigo?

Su mano no deja mi cara y no sé si quiero que lo haga. Curiosamente, agradezco el consuelo que me brinda.

—Eso es exactamente, Amari. No fue una elección que tomé mientras estaba contigo. Fue un error que cometí antes que te conociera.

—¿Qué quieres decir? —pregunto confundida y frustrada. Un millón de emociones corriendo a través de mí, pero ninguna lo suficientemente fuerte como para empujar mis pies a alejarse o hacer que mis manos quiten las suyas de mis mejillas.

—Dejé embarazada a la madre de Ari unas semanas antes de conocerte. —¿Podría ser eso cierto?

Doy un pequeño paso hacia atrás.

—Entonces, tal vez técnicamente no fuiste un infiel, pero eras un mentiroso.

—Te mentí, pero solo al final de nuestra relación —él admite.

Retrocedo lo suficiente para que sus manos se muevan.

—¿Entonces, ocultar una hija que tenías con otra chica antes de que nos conociéramos no se considera mentir?

—El descaro de este hombre para estar aquí a mi lado y tratar de justificarse.

—No sabía nada de eso, de su embarazo. —No sé si está mintiendo o diciendo la verdad, todo lo que sé es que no puedo confiar en él. No otra vez. No cuando sé que es capaz de destrozarme—. Me acosté con ella en una fiesta un par de semanas antes de empezar a hablar contigo. Ella iba en una escuela diferente. Cuando se dio cuenta de que estaba embarazada, no sabía si se quedaría con Ari o no, así que no me lo dijo. Luego, después de que tomó la decisión de quedarse con Ari, no supo cómo decírmelo.

—¿Cuándo te lo dijo? —pregunto, encontrándome, creyéndole.

—Ella me lo dijo *esa* mañana. —¿Esa mañana?

—¿La mañana que rompiste conmigo? —pregunto.

Él asiente.

—Yo estaba abrumado. Tenía dieciocho años. No sabía qué hacer con la nueva información. Iba a tener un hijo. Iba a ser padre. Eso me asustó muchísimo. No tuve padre; ¿Cómo podría yo ser uno? No era capaz de ser padre, al menos no a los dieciocho. No me cabía en la cabeza. Siempre que había imaginado una familia, siempre contigo a mi lado. Ni siquiera sucedería hasta mucho más tarde, hasta que yo mejorara. Hasta que estuviera al menos cerca de valer todo lo que me estabas dando. —Puedo escuchar sus palabras, pero no puedo procesarlas. No sé cómo. Han pasado seis años.

—Podríamos haber hablado de eso entonces. Podrías habérmelo dicho entonces. Habríamos encontrado alguna solución —repito.

—¿Cómo qué? —pregunta, como si hubiera intentado resolver esto antes y no hubiera encontrado otra solución.

—No lo sé, pero, si lo que dices es cierto, ni siquiera te molestaste en darme la oportunidad de pensar en ello. No me diste la opción. Lo decidiste por tu cuenta. —No importa lo que se me ocurra ahora, no podemos volver al pasado.

—Decidí no arruinar tu vida. Eras la señorita-sabelotodo. Yo era el cliché de un chico malo. No iba a dejar que abandonaras tus sueños para soportar mis errores conmigo. No iba a permitir que abandonaras las cosas para arreglarme.

—Te amaba, me hubiera quedado y lo hubiera arreglado contigo.

—Eso es lo que más temía. Te hubieras quedado, Amari. Te conozco. Sabía que renunciarías a tu futuro por mí, tú misma lo dijiste. No quería que me odiaras o me guardaras rencor más tarde. Estaba en un barco que se hundía y no quería que te ahogaras conmigo.

—¿Y qué, rompiste conmigo y trataste de hacer que te odiara? —pregunto, tratando de entender. Esa debe haber sido su intención. Recuerdo la forma en que me habló. Rompió conmigo frente a todos los que conocíamos. Sus palabras se han repetido en el fondo de mi cabeza desde ese día. Una persona cuerda lo habría odiado, pero yo nunca he podido odiar a Christian. Aunque me dio razones para hacerlo, nunca pude. Seguro que hubiera sido más fácil superarlo si lo hubiera hecho.

—Pensé que sería la mejor manera de hacerlo —dice, tirando de su cabello una vez más.

—Bueno, tu plan no funcionó —le digo, finalmente recuperando la fuerza para retirarme al otro lado del escritorio.

—¿Qué quieres decir? —pregunta, moviéndose lentamente en mi dirección.

—Nunca te odié. No porque no lo haya querido porque, créeme, he querido odiarte desde el momento en que me rompiste el corazón. Deseaba tantas veces no haberte conocido. Que no te hubiera hablado ni me hubiera enamorado de ti. Tu plan no funcionó. Me quedé despierta durante días, semanas, meses preguntándome en qué me había equivocado. Incluso ahora, incluso seis años después, cuando surgió este trabajo, lo primero que me vino a la cabeza fuiste tú. Tenía miedo de que estuvieras aquí. Pero tenía más miedo de que te hubieras ido. Vivir tu vida como si yo no significara nada para ti. Tenía miedo de que hubieras seguido adelante mientras todo lo que hice fue quedarme atrapada en ti.

—Yo...—

—Tú qué —lo interrumpo—. ¿Tú lo lamentas? —

El asiente.

—Pero lo harías de nuevo si pudieras retroceder en el tiempo, ¿no es así? —pregunto, sabiendo ya su respuesta.

Duda en responder a mi pregunta, lo que me dice lo que necesito saber.

—¿Alguna vez te has parado a pensar que tal vez las cosas nos hubieran ido mejor, tal vez los dos hubiéramos sido más felices si, en lugar de romperme el corazón, me hubieras dicho la verdad ese día y lo hubiéramos solucionado juntos? —Las cosas no podrían haber sido tan diferentes ahora.

—No pude. No podía permitirme pensar eso. No pude cambiar el pasado, Amari. Tuve que convencerme de que tomé la decisión correcta en ese entonces porque si no lo hacía, vendría persiguiéndote. Necesitaba creer que estaba haciendo lo correcto, para mí, para Ari y para ti. —

—Si pensabas que estabas haciendo lo correcto, ¿por qué me lo dice ahora? —Le pregunto, preguntándome qué espera ganar al mencionar todo el pasado ahora.

—Honestamente —dice, acercándose a mí. Se acerca tanto que casi puedo sentir los latidos de su corazón—. Nunca dejé de amarte. —

Sus palabras me dejan con la boca abierta. Lo he amado todo este tiempo, pero no pensé que él se preocupara por mí. Que todavía sentía algo por mí o que alguna vez sintió. Le creí cuando dijo que no me amaba.

Y ahora me dice que nunca se detuvo. ¿Qué se supone que debo hacer con eso? ¿Decirle que yo también lo amo? *Todavía tiene una hija con otra mujer.* Si me lo hubiera dicho entonces, no me habría importado, le habría ayudado a criarla. Pero eligió mentirme. El eligió dejarme fuera. Decidió lo que era mejor para él y también lo que pensaba que era mejor para mí.

Aunque sé lo que es mejor para mí—. Bueno, yo sí lo hice —respondo, forzando la mentira entre mis dientes mientras rezo para que me crea. Quiero que sufra tanto como yo. La manera en que lo hago. Incluso si no ayuda a ninguno de los dos. No quiero que él piense que todavía lo amo, incluso si lo amo.

—¿Hiciste qué? —presiona. Sé que quiere oírme decirlo. Quiere que le diga las mismas palabras que me dijo antes.

—Ya no te amo... —respondo, tratando de sonar convincente de nuevo. Le dije lo que siempre quise decirle. Me dije a mí misma que si alguna vez me volvía a encontrar con él, si la vida sería tan cruel, le demostraría que estoy mejor sin él. Me levantaría y sonreiría porque lo había olvidado.

Me dije a mí misma que llegaría un momento en el que lo dejaría ir por completo.

Supongo que todavía no es el momento, pero no tiene por qué saberlo.

—Mírame a los ojos y dilo de nuevo —me pide, llamándome. Evité mirarlo directamente cuando le dije esas palabras porque sabía que él vería en mis ojos que estoy mintiendo.

En lugar de darle lo que quiere, alcanzo el pomo de la puerta y abro la puerta detrás de él.

—Gracias señor Cole por venir hoy. Nos aseguraremos de que su hija tenga sus crayones.

—Amari... —dice y miro hacia arriba para encontrar sus ojos en los míos.

—Hemos terminado aquí.

Él asiente como si finalmente se rindiera.

—Te veré pronto —responde con una confianza que me recuerda a su hija. Sale de mi oficina y me concentro en su figura que se retira, preguntándome qué quiere decir con eso.

Cierro la puerta y me siento en mi escritorio mientras sus palabras me asaltan. *Nunca dejé de amarte*. Ese es el sentimiento que resuena en mi cabeza. E independientemente de lo mucho que no quiera sentir esta emoción, la esperanza se apodera de mi cuerpo.

Desde mi lugar en el sofá, escucho un golpe en mi puerta. Me levanto, me pregunto quién podría ser y mi cabeza va al peor de los casos posibles. *Christian*. Él dijo que estuvo aquí a principios de semana y que me volvería a ver, por lo que no me sorprendería del todo que volviera hoy para la segunda ronda.

No estoy lista para la segunda ronda o más rondas para el caso.

Al llegar a la puerta, respiro profundamente y luego la abro.

—¡¿Por qué te estaba tomando tanto tiempo?! —Mi mejor amiga dice justo antes de envolverme en su característico abrazo de oso.

El alivio me invade.

—¿Qué estás haciendo aquí? —Digo entre bocados de su cabello. Asqueroso, lo sé, pero tiene tanto que cuando no está contenido con un elástico está por todos lados.

—¿Qué quieres decir? —pregunta, dejándome ir—. Te dije que vendría.

Abro la puerta el resto del espacio, dejándola entrar.

—Te estaba esperando mañana. —Dijo que estaría aquí el viernes, no el jueves.

—Sucedió que terminé con el trabajo antes de lo que esperaba. Me sentí bien en venir y sorprenderte. Supuse que estarías en casa a esta hora.

—Bueno, tenías razón. Llegué aquí hace unos minutos. —Me alejo de su abrazo y le sonrío. Mi mejor amiga siempre mejora las cosas.

—Veo que ya te has puesto el pijama —dice, viendo mi apariencia.

La he echado mucho de menos.

—Al menos me encontraste con ropa —le digo, riendo.

—Listilla —responde ella.

—Te he echado de menos —le digo, rodeándola con mis brazos una vez más. La abrazo con fuerza y luego, inesperadamente, empiezo a sollozar.

—Déjalo salir amor, déjalo salir —me dice lo que me ha dicho muchas veces antes.

Últimamente, siento que todo lo que hago es llorar.

—¡Lo siento mucho! —Me limpio las lágrimas y les ruego internamente que se detengan.

—Christian, eh —dice Emely a sabiendas.

Empujo mi tristeza.

—¿Condujiste hasta aquí? —pregunto, cerrando la puerta detrás de nosotras.

—No a Forest Pines, no. Volé y alquilé un carro en el aeropuerto.

—Deberías haberme llamado... te habría recogido. —Estoy intentando cambiar el tema de conversación porque no quiero hablar de él. No ahora.

Nos dirigimos a la sala de estar.

—Pensé que tu carro estaba dañado.

—No, no lo está. —Espera un segundo—. ¿Cómo supiste que no estaba funcionando?

Me lanza la mirada de "oh mierda" que sé muy bien que viene de ella.

—Tú me dijiste —ella responde unos segundos después.

Sé con certeza que no le dije que mi carro no funcionaba, especialmente porque decirle eso habría llevado a una conversación completa sobre lo que pasó después de que se averió. Hablar con ella sobre mi carro habría abierto una lata de gusanos sobre Christian que no estaba lista para abrir.

—No me mientas —le digo mientras ambas nos paramos una frente a la otra en mi sala de estar. Dios, estoy tan harta de mentiras. ¿Por qué todos me mienten? ¿Por qué la gente no piensa que valgo la verdad? ¿Cuándo la honestidad dejó de ser la mejor política?

—Amari —ella comienza y la mirada en sus ojos me dice que no me gustará lo que estoy a punto de escuchar.

Cuando da un paso hacia mí, yo doy un paso atrás.

—¿Cómo supiste? —pregunto de nuevo.

—Si vamos a tener esta conversación ahora mismo, necesitaremos un trago.

—Podemos saltarnos la bebida e ir directamente a la verdad. —Mi pecho se aprieta y espero a que caiga el otro zapato. Si mi mejor amiga piensa que necesito alcohol en mí para escuchar lo que está a punto de decir, no es algo bueno.

Veo la mirada impotente en sus ojos, una mirada que no usa a menudo.

—¿Confías en mí? —pregunta.

—Claro que sí —le digo. Confío en ella con todo. Pero cada segundo que estamos en mi sala de estar, empiezo a dudar de si debería hacerlo.

—Muy bien, voy a necesitar usar mi tarjeta de mejor amiga mientras todavía la tenga —dice y la seriedad inusual en su tono me confirma lo que ya imaginaba. Aparte de Hannah, la única persona de la que pudo saber que mi carro no estaba funcionando es Christian. Sé que no fue Hannah porque no se conocen. E incluso si Hannah se lo hubiera contado, ella ya me lo habría dicho. No sería tan importante como ella lo está haciendo.

Emely lo escuchó de Christian.

Emely ha hablado con Christian. Mi cabeza llega a su propia conclusión, haciendo que mi corazón cuestione todo en el proceso.

Esa es la única explicación razonable y, sin embargo, es tan irrazonable. No tiene ningún sentido. ¿Por qué mi mejor amiga estaría en contacto con mi exnovio? No fue hasta hace un par de semanas que tuve la oportunidad de intercambiar palabras con él. ¿Por qué se sentiría cómodo contándole sobre el estado de mi carro?

—Solo tienes que hablar conmigo, me estás preocupando. Empiezo a pensar lo peor de ti y eso no me gusta. —De ningún modo. Emely ha sido la roca en mi vida, sosteniéndome cuando sentía que ya no podía seguir adelante.

Toma una respiración profunda y, desde donde estoy, parece doloroso.

—¿Podemos ir a algún lugar a tomar una copa?

—No, tenemos que hablar ahora —le digo. Mis palabras son firmes y no dejan lugar a discusión.

Mira alrededor de la habitación y por un segundo creo que está a punto de salir corriendo de aquí.

—¿Tienes whisky? —pregunta.

Supongo que realmente necesita algo de valor líquido para decirme qué está pasando.

—Sí.

—¿Podrías servirme un vaso?

—¿Realmente necesitas alcohol para hablar conmigo ahora mismo? —le pregunto, aunque a este paso le daré lo que necesita para que finalmente pueda decirme lo que necesito saber.

—Lo hago y creo que tú también lo necesitarás. Entonces, tomemos dos vasos. Uno para ti y otro para mí.

La miro, tratando de averiguar qué me está ocultando.

—Emely, me estás asustando.

—Lo sé... da un poco de miedo tener esta conversación contigo. Vamos a tomar un trago y luego te lo contaré todo.

Todo. La última palabra se siente tan llena y me quedo aquí sin idea de lo que significa.

Estoy desesperada por escuchar lo que Emely tiene que decir y sé que no me lo dirá hasta que le haya traído a ella, a nosotras, las bebidas que cree que necesitamos con tanta desesperación.

Dirigiéndome a la cocina, miro a través del gabinete de licor y encuentro una botella de whisky sin abrir. No leo la etiqueta más allá del hecho de que es whisky. Ni siquiera me doy cuenta del nombre de la marca. Noto el polvo en la botella y decido dejar correr el agua para limpiarla.

Agarro dos vasos del gabinete de la izquierda y lleno cada vaso con un vertido abundante.

Con las bebidas en la mano, regreso a la sala de estar donde encuentro a mi mejor amiga sentada en el sofá que dejé vacante hace unos minutos. *Mejor amiga* ... Espero que después de esta conversación, todavía pueda llamarla así.

—Muy bien, aquí están las bebidas —le digo, poniéndolas sobre la mesa.

—Siéntate conmigo —dice, golpeando el cojín junto a ella.

Me siento a unos centímetros de ella.

—¿Puedes tomar un sorbo grande antes de empezar? —pregunta nerviosamente. La acumulación de esto me está volviendo loca.

En lugar de discutir con ella, tomo mi vaso y bebo un poco de whisky, sintiendo que quema mientras se abre camino por mi garganta. Dejo el vaso e inmediatamente

Emely levanta el suyo. Ella toma un gran trago de whisky y yo miro, esperando cualquier tipo de reacción de ella; ella no me da ninguno.

—¿Estás lista? —pregunta Emely.

Sí, No. No lo sé.

—Depende de lo que vayas a decir.

—Te voy a contar todo... desde el principio.

—Está bien —respondo preparándome.

—La cosa es que Christian... —comienza y siento que mi corazón se me cae al estómago en el momento en que pronuncia su nombre.

21

CHRISTIAN

—¡SIGUE PRESIONANDO, PUEDES HACER ESTO! —ANIMO A uno de los jugadores de fútbol, Atkins, mientras termina su última vuelta. Me dijo que su objetivo personal es ser más rápido este año y le dije que mientras siga presionando puede lograrlo. Solo tiene que seguir intentándolo.

—¡Sigue presionando! —Le digo cuando pasa corriendo a mi lado otra vez corriendo otra vuelta. Mi ánimo no es sólo para él. También lo es para mí. Tengo que seguir intentándolo. Tengo que empezar desde cero y construir mi camino con ella de nuevo.

Mi objetivo es conseguir que Amari me perdone o que me mire a los ojos y me diga que ya no me ama. Cualquiera de esas cosas funcionará para mí. Si ella me perdona, tal vez pueda conquistar su corazón de nuevo. Si me dice que no me ama, sabré que no hay esperanza. Sé que todo lo que teníamos está enterrado en el pasado.

Hemos terminado aquí. Esas fueron las palabras que dijo mientras una vez más me echaba de su oficina. Después de que ella dijo eso, me di cuenta de que todavía había esperanza. Que la ventana que había visto romperse en el momento en que finalmente accedió a subir al auto conmigo era real. Ella no pudo mirarme y decirme que no me amaba, lo que significa que todavía me ama.

Pero el amor no es suficiente.

No cuando la lastimé tanto como lo hice.

Le dije que tomé la decisión que creía correcta. En ese momento, creí en lo que estaba haciendo. Quería ser su héroe. Quería salvarla del mal que también era yo.

Pero podría haber hecho las cosas de otra manera. Debería haber hecho las cosas de manera diferente. Quizás seríamos ella y yo criando a Ari juntos todo este tiempo. *Pero tal vez no lo hubiera sido*. Tal vez me hubiera dejado después de algún tiempo. Tal vez ella estaría conmigo mientras me odiaba. Un millón de cosas podrían haber pasado y no tiene sentido perder el tiempo pensando en lo que podría haber sido.

Tengo que ganarme su confianza.

Porque, aunque puede que todavía me quiera, es obvio que no quiere tener nada que ver conmigo.

—¡Muy bien, eso es todo! —Le digo a Atkins cuando me pasa por tercera vez. Sus compañeros de equipo a mi lado aplauden mientras anuncio la hora—. Has reducido veinte segundos desde la semana pasada.

Mi anuncio es recibido con vítores de sus compañeros de equipo.

—¡Así se hace! —uno de los jugadores lo felicita.

—¡Ellos no te verán venir! —otro jugador grita.

—Bien. Eso es todo por la práctica de hoy. Pronto tendremos un juego, ¡así que prepárense para practicar más duro en los próximos días!

Unos minutos después, todos los jugadores han salido del vestidor y el último de ellos abandona mi oficina. Juntando mis cosas, miro mi teléfono para ver si tengo llamadas perdidas. Cuando miro la pantalla, noto que tengo un mensaje de texto de Emely.

Emely: Casi estoy allí.

Ese mensaje llegó hace aproximadamente una hora, así que supongo que ya está allí. Allí es la casa de Amari.

Christian: Está bien, gracias de nuevo por dejarme hablar con ella primero.

No pensé que ella me dejaría. Cuando Emely, que ha sido la mejor amiga de Amari desde que las conozco, me echó la bronca un día después de que rompí con Amari, no sabía qué hacer ni cómo reaccionar. Quiero decir, ella me maldijo y me merecía hasta la última palabra. Esa fue la última vez que me habló hasta este martes.

Recibir un mensaje de ella advirtiéndome que me mantuviera alejado de su mejor amiga fue inesperado, pero no del todo sorprendente. Supongo que Amari le contó todo acerca de encontrarse conmigo. Emely me dijo que me cortaría en pequeños pedazos si la volvía a lastimar.

La llamé de vuelta. No sé por qué lo hice, excepto que necesitaba que alguien me escuchara. Alguien que nos conocía a Amari y a mí cuando no estábamos heridos. Alguien que supiera cuánto ella me amaba y vio cuánto la amaba yo a ella.

Camino hacia mi camioneta recordando la conversación que tuve con Emely.

—*Hola Emely* —*la saludo cuando contesta el teléfono.*

—*¿Por qué me estás llamando?* —*pregunta con tono indignado. Ella necesita hacer fila porque la lista de personas a las que cabreé en mi juventud nunca termina.*

—*Amari ha vuelto* —*le digo, como si no lo supiera. No me habría advertido que me mantuviera alejado de su mejor amiga si Amari todavía viviera a seis horas de distancia como lo había hecho durante seis años.*

—*Sé que ya la has visto* —*me dice*—. *¿Por qué me estás llamando?*

Insiste y honestamente admiro la forma en que me habla. Ella no se preocupa mucho por mí y eso me gusta de ella. Es una verdadera amiga, una que defendería ferozmente a Amari. Ella pelearía con cualquiera por Amari, incluyéndome a mí. Me alegro de que Amari la tenga de su lado.

Me aclaro la garganta.

—*Sé qué quieres que me mantenga alejado de ella.*

—*No te estoy pidiendo un favor. Te lo digo, debes mantenerte alejado de ella* —*dice, interrumpiéndome.*

—*No puedo quedarme lejos de ella.* —*Ya no.*

—*¿Por qué? Te las arreglaste para no llamarla durante seis largos años. ¿Por qué no puedes alejarte de ella ahora cuando podrías romperle el corazón tan fácilmente?* —*Mantenerme alejado de Amari habría sido imposible si ella se hubiera quedado en esta ciudad. La única razón por la que no la he visto desde que se fue, es porque fui demasiado cobarde para llamar a la puerta de su apartamento. Manejé seis horas. Seis largas horas y pensé en cada pequeña cosa que le diría cuando la viera. Luego, llegué a su apartamento, averiguando dónde estaba con un poco de ayuda de sus padres. Me estaba preparando para salir de mi carro y llamar a su puerta cuando la vi. Se veía tan hermosa como siempre y mi corazón latía fuera de mi pecho. La vi con su mochila al hombro y un libro en la mano. Vi la sonrisa en su rostro y eso me convenció de quedarme en el carro. Su sonrisa hizo que me alejara de ella ese día.*

La dejé por una razón.

Ella necesitaba seguir sus sueños, vivir su propia vida. No quería estorbar su felicidad.

Pero ella ha vuelto ahora y fue su elección volver.

—*No tienes ninguna razón para creerme* —*comienzo.*

—*Tienes toda la maldita razón* —dice, interrumpiéndome una vez más.

—*Me equivoqué* —le digo, tratando de que me escuche.

Ella se burla.

—*No hace falta ser un genio para darse cuenta de eso.*

—*Pero quiero arreglarlo* —agrego.

—*¿Arreglarlo?* —pregunta, sorprendida de que hubiera pronunciado esas palabras—. *¿Cómo diablos planeas hacer eso? ¿No crees que es demasiado tarde?*

Por mi bien, realmente espero que no lo sea.

—*Estoy tratando de averiguar cómo.*

—*¿Y por qué me llamaste?* —Emely pregunta con impaciencia. Me sorprende que aún no me haya colgado.*

Respiro hondo y dejo salir todo a la vez.

—*Porque... necesito tu ayuda.*

—*Yo nunca te ayudaría.*

—*Eso es justo.*

—*Más que justo* —respondió y luego me colgó.

Es bueno que ella haya cambiado de opinión.

22

AMARI

—Así que le colgué —me dice. Ha sido meticulosa con cada detalle e independientemente de cuántas preguntas tenga, no las hago. Primero quiero la historia completa antes de empezar a desarmarla. Antes de empezar a preguntarle por qué no me dijo nada de esto antes. No entiendo por qué ocultaba esta información a la persona a la que llama su mejor amiga.

Aspiro la traición con cada palabra que pronuncia, pero educo mi expresión para parecer lo más neutral posible. Necesito conocer la historia completa antes de dejar que mis emociones dicten mis acciones.

Me mira como si esperara que le responda, que yo diga algo. La miro expectante y ella se da cuenta de que le estoy diciendo que proceda con mis ojos en lugar de mis palabras. Cuando le conté a Emely sobre Christian, ella dijo que podríamos discutirlo en persona cuando viniera. Por lo que parece, no necesitaba que le explicara lo que estaba pasando. Ella lo estaba resolviendo todo por su cuenta. Bueno, no por su cuenta, con la ayuda de Christian.

—Sin embargo, me devolvió la llamada. —Dos llamadas en un día a mi mejor amiga y no supe nada de ellas hasta este segundo y sólo porque prácticamente la obligué a decírmelo después de que se le salió. Agarro el vaso de whisky de la mesa y tomo otro sorbo.

Al menos Emely no se equivocó sobre el hecho de que necesitaría una bebida para acompañar esta conversación. Hace que sea una pastilla más fácil de tragar o al menos me permite concentrarme, por un momento, en la sensación de ardor del whisky en lugar de en la sensación de otra relación rota.

Mira el vaso en mi mano, siguiendo mis movimientos. Puedo decir que ella quiere desesperadamente saber lo que estoy sintiendo y estoy orgullosa de mí misma por mi capacidad para volverme ilegible. Supongo que la última semana me ha enseñado algo después de todo.

—¿Qué pasó después? —le pregunto, sintiendo que, si no llevo esta conversación, ella nunca llegará.

—Me llamó para decirme que él tenía una hija—. Me sorprende que él le revelara eso tan fácilmente, porque yo tuve que averiguarlo por mí misma—. Me dijo que fue a tu escuela y que tú lo sabías.

—Se sentía muy cómodo contándote muchas cosas —bromeo, incapaz de detenerme.

Su cabeza cae de vergüenza y me siento mal por decir lo que dije. Luego comienza a hablar de nuevo y mi arrepentimiento desaparece.

—Quería colgarle. Quería gritarle.

—¿Por qué no lo hiciste? —Habría sido fácil de hacer.

—Porque parecía sincero en lo que quería hacer.

—¿Qué es lo que quiere hacer? —pregunto.

—Quiere disculparse contigo. —¿Pedir disculpas? Mi mejor amiga me ocultó todo esto porque Christian quería disculparse.

—¿Y eso hizo que todo estuviera bien?

—No, no fue así. Pero me dijo que pensabas que te había engañado. Me explicó por qué se fue. —Estoy atascada en el hecho de que mi mejor amiga recibió una explicación sobre las razones por las que me dejó antes que yo.

—¿Y qué? ¿Eso te convirtió en su mejor amiga? ¡¿Crees que romper mi corazón de esa manera tiene sentido?! —grito, levantándome del sofá en un ataque de ira.

—No, en absoluto —dice ella, levantándose y caminando hacia mí.

—¿Te dijo que dejó embarazada a alguien justo antes de empezar a salir conmigo?

Ella asiente.

—¿Te dijo que me dejó porque pensó que eso era lo mejor para mí? —pregunto de nuevo, mi voz se hace más fuerte.

Una vez más, Emely asiente.

—¿Y te dijo todo esto el martes? —Sé que ella ya dijo esto, pero no puedo evitar volver a preguntar.

—Sí, lo hizo. Bueno, también me dijo que finalmente habló contigo el miércoles. Fue entonces cuando me enteré de que tu carro se averió.

Una risa sin humor se me escapa cuando empiezo a caminar por la pequeña distancia de mi sala de estar. No sabía que los corazones eran tan fuertes hasta ahora porque el mío sigue rompiéndose y, sin embargo, no ha dejado de latir. Mi mejor amiga y el único chico al que he amado me traicionaron.

—¿Así que lo sabías antes de que yo supiera y no te molestaste en decírmelo?

—Él me dijo que no lo hiciera.

—¿Y eso fue suficiente para que me lo ocultaras? —grito, mirándola con ira en mis ojos—. Dice que no le digas a tu mejor amiga, la chica que viste destrozada en un millón de pedazos en el momento en que él le rompió el corazón, la chica que todavía está tratando de recoger los pedazos y tú la ayudaste a tratar de averiguar a dónde pertenecen en el camino, ¿eso fue suficiente para que me lo ocultaras? ¿Él *pidiéndotelo*?

Las lágrimas corren por mi rostro y no puedo decir si es porque estoy herida o porque estoy enojada. Apuesto a que es una mezcla de ambos.

Emely intenta acercarse a mí, pero me alejo de ella rápidamente. Es casi como si no reconociera a la chica parada frente a mí. Su teléfono suena y ambos nos volvemos hacia la mesa de café.

Christian

Ese es el nombre que se muestra en la pantalla y verlo lleva mi ira a nuevas alturas.

—¿Necesitas tomar eso? —Le pregunto, señalando su teléfono para que sepa que lo he notado.

Ella niega con la cabeza.

—Quería ser él quien te lo explicara. Sintió que al menos te debía eso. Quería decírtelo, pero él dijo que te lo diría al día siguiente. Le dije que, si no lo hacía, yo lo haría —ella trata de explicar su razonamiento.

No sé si sus razones lo mejoran.

—Deberías habérmelo dicho, de todos modos. —En el segundo en que supo que debería haber llamado, enviado un mensaje de texto, un correo electrónico, enviado una maldita paloma mensajera. Cualquier cosa.

—¿Tú me lo habrías dicho? —pregunta, cruzando los brazos frente a sí misma en desafío.

—El hecho de que hagas esa pregunta dice lo suficiente sobre nuestra amistad—. Demonios, sí, le habría dicho. Ni siquiera lo hubiera pensado dos veces. Si hubiera visto a Emely desmoronarse por culpa de un chico y hubiera sabido que le dolía aún más porque pensaba que él la había engañado, porque tenía una hija, porque no sabía qué creer, se lo habría dicho.

Ella se acerca a mí de nuevo y no retrocedo esta vez.

—Quería hablar contigo. Pensé que él se lo merecía.

—Me alegra que pensaras que se merecía una oportunidad para explicarse más de lo que yo merecía la verdad.

23

CHRISTIAN

MI TELÉFONO SUENA Y ME ALEJO DE LA COCINA Y ME DIRIJO al comedor. Al mirar el identificador de llamadas, me doy cuenta de que Emely me está llamando, lo cual no es bueno considerando que se supone que debe estar con Amari en este momento.

—Hola —respondo, preocupado.

—Hola... —ella comienza y siento algo en esas palabras que no necesariamente puedo ubicar—. Amari me echó.

Ahí está.

Que es mi culpa.

—Mierda, ¿en serio? —Miro alrededor de la habitación para asegurarme de que Ari no está aquí abajo para escucharme maldecir.

—¿Necesitas que te recoja? —pregunto, sin saber de qué otra manera ayudar.

Camino de regreso a la cocina y reviso la cena.

—Oh, no. Si te viera detenerte en su casa para recogerme, nunca me perdonaría. Además, alquilé un carro, así que estoy bien.

—¿Ella lo sabe, eh? —pregunto, incapaz de evitar que la culpa me golpee en el estómago.

Escucho el sonido de lo que probablemente sea su carro encendiéndose.

—Se me salió y mencioné que su carro estaba averiado.

—¿Y ella conectó los puntos? —pregunto. Amari siempre ha sido inteligente—. ¿Entonces te hizo contarle todo?

—Sip —dice Emely haciendo sonar la p—. Al menos no me golpeó, aunque podía decir en sus ojos que quería hacerlo. Nunca la había visto tan enojada conmigo.

—Lo siento —repito, sin saber qué más decir.

—No es tu... bueno, en realidad, lo es. Pero no es del todo culpa tuya. Debería habérselo dicho en el momento en que me contaste todo —ella responde. Me sorprende que no me esté gritando.

Tomo asiento a la mesa de la cocina.

—Te pedí que no lo hicieras.

—Tú no eres mi amigo, ella lo es —agrega Emely y yo asiento—. No debería haberte escuchado.

—Me alegro de que lo hayas hecho. —Creo que Amari necesitaba escuchar la verdad de mí.

—Yo no tanto —dice con un suspiro.

—¿Qué vas a hacer ahora?

—Me voy a quedar en casa de mi tía. Ella todavía vive aquí. Entonces, me humillaré y veré si Amari me perdona. Juro que la decepción en sus ojos me hizo sentir como la peor persona del mundo. —Conozco bien esa mirada y ese sentimiento. No debería haber involucrado a Emely. Apuesto a que Amari está aún más enojada conmigo ahora que sabe que le confié a Emely antes de confiar en ella.

—Lo siento. —Sueno como un disco rayado, pero realmente no hay nada más que pueda decir—. No debería haberte pedido que guardes mis secretos.

—No te digo esto para hacerte sentir como un idiota —ella hace una pausa, luego agrega—. En realidad, creo que si un poco.

—No te culpo. Soy el idiota que se interpuso entre tú y tu mejor amiga.

—También eres el imbécil que lastimó a mi mejor amiga —ella agrega.

—Yo también soy el imbécil que todavía la ama —confieso—. El idiota que nunca ha dejado de hacerlo.

—Eres el idiota que hará todo lo que esté en tu poder para corregirlo —dice—. No es una pregunta, por cierto.

—Créeme, si hay una manera de hacerlo bien, no me detendré hasta encontrarla. —Pienso en una pregunta que quiero hacer, pero me pregunto si debería hacerlo. Si siquiera merezco la respuesta o si Emely se molestará en dármela. Decido hacerlo porque ¿qué es lo peor que puede pasar—? ¿Crees que existe la posibilidad de que pueda arreglar las cosas?

Hay una pausa larga al otro lado de la línea. Todo lo que puedo oír es el sonido del viento cuando supongo que empieza a alejarse de la casa de Amari.

—¿Quieres que sea honesta? —pregunta y mi corazón se hunde ante lo que espero que sea su respuesta.

—Nunca he sabido que no lo seas.

—Bueno, considerando que no fui honesta con mi mejor amiga en primer lugar, diría que el jurado respondió y me declaró culpable.

—Retrasaste la honestidad, pero no la detuviste por completo.

—Si tan solo Amari se creyera esa excusa. Voy a tener que suplicar por su perdón. —Puedo decir que está desesperada por conseguir que su mejor amiga no se enoje con ella.

Es evidente en la forma en que sigue volviendo a lo que tendrá que hacer para arreglar las cosas. Estoy destrozado al saber que la única persona en la que Amari confía ni siquiera puede consolarla ahora mismo porque la involucré en todo esto. Apuesto a que se siente traicionada por todos nosotros.

—Lo siento —repito una vez más. Hay muchas cosas que he hecho terriblemente y, aparentemente, sigo arrastrando a otros conmigo, incluso sin querer.

—Creo que hay una posibilidad.

—¿Una oportunidad de que te perdone? —pregunto. Espero que haya más de una oportunidad.

—Una oportunidad de que te perdone a *ti* —ella corrige, y sus palabras hacen que el hoyo que sentí en el fondo de mi estómago desaparezca instantáneamente.

—¿De verdad? —pregunto, tratando de no parecer demasiado esperanzado, pero sé que estoy fallando.

Emely murmura algo en voz baja.

—Lo vi en sus ojos, ella todavía te ama. Creo que le dolió más que yo supiera antes que ella o más bien que yo supiera en absoluto. Cuando me enviaste un mensaje antes y tu nombre apareció en mi teléfono, no pudo ocultar los celos en sus ojos. Es una locura que esté celosa porque, bueno, no tengo ningún interés en ti y creo que eres un idiota. Aun así, su reacción me mostró lo que siempre supe. Ella te ama, siempre lo ha hecho, y ahora que sabe la razón por la que la dejaste, lo cual fue estúpido por cierto... —hace una pausa.

—Lo sé, soy un idiota que toma decisiones estúpidas. —Me doy cuenta de que debería haber hecho las cosas de otra manera.

—Eso es… pero por alguna razón mi mejor amiga todavía te ama, así que ahí está.

—¡Ahí está! —Respondo y si no estuviera hablando por teléfono en este momento, estaría saltando en mi cocina como un chico de quince años que acaba de descubrir que le gusta a la chica más sexy de su clase.

—Me tengo que ir. Estoy casi llegando a casa de mi tía y luego voy a llamar y enviarle un mensaje a Amari un millón de veces y pedirle perdón.

—Supongo que los dos haremos eso —le digo con una sonrisa en mi rostro.

—Te dejaré con una advertencia y luego no quiero volver a hablar contigo, al menos no hasta que, tú y Amari estén bien.

—¿Qué es eso?

—Si la recuperas —ella comienza. *Una vez que la recupere*, corrijo en mi cabeza—. Es mejor que no lo arruines de nuevo.

—Cuando la recupere —no puedo evitar decir eso en voz alta—. Me aseguraré de no volver a tomar una decisión sin discutirla primero con ella. Créeme.

—No soy yo quien tiene que confiar en ti, es ella. Pero debes saber que, si vuelves a lastimarla, el infierno parecerá un lugar mucho más agradable que donde terminarás.

—Entendido. Dejaré de ser un gilipollas —le aseguro.

—Excelente. Me alegro de que estemos de acuerdo en algo. Que tengas una buena noche.

—Buenas noches y buena suerte. Lamento de nuevo ponerte en esa posición.

Emely tararea su acuerdo y luego cuelga. Al acercarme a la estufa, apago los macarrones que vamos a comer esta semana a pedido de Ari.

—¿Papá, por qué eres un idiota y qué estúpida decisión tomaste? —La voz de Ari sale de la nada, me sorprende y me llama. ¿Cómo se supone que responda a esas preguntas?

La estúpida decisión que tomé fue mentir, así que esta vez optaré por la verdad.

Lo que tengo que averiguar ahora es cómo decírselo a una niña de seis años.

Supongo que empezaré por el principio.

24

Me despierto y quiero ignorar mi teléfono porque sé lo que encontraré. Ayer tuve que apagarlo después de diez llamadas perdidas y cincuenta mensajes de texto de Emely. Pasé la jornada laboral ignorándola. Luego, llegué a casa y me fui directamente a la cama.

Me pregunto cuál será el peaje hoy.

No quiero escuchar lo que tiene que decir. Por otra parte, sé que ella me quiere, así que probablemente no quiso hacer nada malo al ocultarme la información. Emely no haría algo que pensara que era malo para mí. Entonces, la única explicación de lo que hizo tiene que ser que no lo pensó detenidamente.

¿Debería culparla por cometer un error? Por otra parte, las acciones tienen consecuencias. Debería habérmelo dicho y el hecho de que no lo haya hecho es una viola-ción importante del código de chicas o lo que sea. Ella se lo debía a nuestros años de amistad para ser honesta conmigo.

¿Qué habrías hecho si ella te lo hubiera dicho? Mi cabeza pregunta y me doy la vuelta en la cama y grito en mi almohada con frustración. Estoy frustrada porque no sé qué hubiera hecho si lo hubiera sabido antes. ¿Qué diferencia habría tenido oírlo de ella primero o de él?

¿Por qué estás realmente enojada? Mi cabeza sigue asaltándome con preguntas que no quiero responder, preguntas para las que no tengo respuesta.

Eso es una mentira. La parte interior de mí sabe la verdad que no quiero admitir. La realidad es que no estoy enojada porque no me lo dijo. Estoy enojada, porque le dijo a ella primero. Incluso si fue solo un día antes de cuando me contó todo. Todavía no puedo creer que finalmente él haya dicho la verdad que me ocultó durante años, pero a ella primero. Que fácilmente le explicó todo a ella en lugar de a mí.

Grito en mi almohada por segunda vez antes de darme la vuelta y levantarme de la cama. Lo que necesito ahora es una ducha y algo de comida.

Antes de ir al baño, enciendo mi teléfono porque es irresponsable dejarlo apagado solo porque quiero ignorar a mi mejor amiga. Sí, todavía la llamaré así porque eso es lo que es. Ya sé que no me enojaré con ella para siempre. Solo por ahora.

En el momento en que mi teléfono se enciende por completo, es como si las compuertas se hubieran abierto cuando todas las llamadas perdidas y los mensajes se colapsan. Miro las llamadas perdidas y encuentro veinte de Emely. Como era de esperar, llamó toda la noche, deteniéndose a altas horas de la madrugada.

Los textos vienen uno a la vez y, finalmente, veo que el número final es 100. Emely no es más que persistente y la cantidad de mensajes de voz, llamadas perdidas y mensajes de texto lo demuestran.

Veo una llamada perdida de un número que no reconozco y me pregunto si es Emely llamándome a través del teléfono de otra persona o si es un padre, un maestro o algo más importante. La llamada fue a eso de las nueve y, dado que ahora son las diez, es posible que haya sido cualquiera. Considero si debo devolver la llamada, pero no puedo decidirme. Decido que es mejor averiguarlo después de una ducha. Después de que me lave el cansancio de esta semana, de todos los días desde que descubrí que Christian todavía estaba aquí, en el lugar donde lo dejé, pero solo después de que me dejó él a mí primero.

Salgo de la ducha sintiéndome renovada y el dolor de cabeza que me estaba acumulando finalmente desaparece. Independientemente de lo enojada que esté por todo lo que ha sucedido, estoy feliz por una cosa... la verdad. La cual finalmente salió.

Las cosas hubieran sido muy diferentes si Christian me hubiera involucrado en lo que había sucedido hace mucho tiempo. Sí, me habría dolido saber que iba a tener un hijo con otra persona, pero sabía que tenía un pasado.

Sabía que había vivido una vida y que era una persona diferente antes de conocerme. Antes de que se enamorara de mí. Me advirtió sobre su pasado en numerosas ocasiones cuando comencé a hablar con él. Cuando se dio cuenta de que me estaba enamorando de él, me dijo que sería mejor que centrara mi atención en otra cosa, en otra persona.

—*No lo valgo, Amari. No debes perder tu tiempo con un tipo como yo* —me dijo y supe que hablaba en serio. En serio creía que no era bueno para mí... todos los demás también lo hacían, incluida Emely. Pero sabía que él era mejor que eso. Pude ver la dulzura que trató de ocultar con una cara seria y un comportamiento distante.

Me hubiera molestado si me hubiera contado sobre su hijo, pero lo hubiéramos resuelto. Esas eran acciones que había tomado en el pasado; el Christian que conocía era diferente. Estaba mejor. De una forma u otra, lo habríamos averiguado. Pero tal vez eso era lo que temía. Dijo que la razón por la que no me lo dijo fue porque sabía que yo daría todo por ayudarlo, que no perseguiría mis sueños porque lo seguiría a él.

Él estaba en lo correcto.

La voz de la razón vuelve a surgir y me dice y no puedo discutir con eso. Hubiera hecho cualquier cosa por él. Me decía día tras día que no me merecía, que yo merecía algo mejor, así que tomó la decisión por mí que sabía que nunca haría yo misma. ¿De verdad puedo enojarme con él por eso?

CHRISTIAN

La llamé por la mañana. Quería ver cómo estaba, asegurarme de que estaba bien. Quería ver si había arreglado su carro. Si necesitaba algo. Quería escuchar su voz. Incluso la llamé desde el teléfono de la casa para que no reconociera mi número. Aun así, no contestó.

Entonces, hice la siguiente mejor opción.

En lugar de insistir llamándola por segunda o tercera vez, pasé por la tienda de autopartes y compré una batería.

Apago mi camioneta y me estaciono justo detrás del de Amari. Apuesto a que todavía no le han arreglado la batería. Después de todo, solo han pasado dos días. Saliendo del vehículo, agarro la batería del asiento trasero y luego cierro las puertas.

Cada paso que doy hacia su puerta se siente como si estuviera caminando sobre un vidrio. No sé qué esperar, ni siquiera sé si ella está en casa. Pero estoy dispuesto a dar todo lo que tengo. Sin embargo, no mencionaré a su mejor amiga porque no quiero empeorar las cosas. Quiero mejorarlas.

Toco el timbre y espero con la batería en la mano y los ojos cerrados.

—¿Christian? —en el momento en que mi nombre sale de su boca, mis ojos se abren y la encuentro mirándome con las cejas arqueadas.

Yo le sonrío.

—Sí, señora.

—¿Qué estás haciendo aquí? —pregunta, su mano todavía en la puerta. Apuesto a que está considerando golpearme en la cara.

Levantando la batería de mi mano respondo—: Arreglando tu carro.

—Nadie dijo que tenías que arreglar mi carro —responde, soltando la puerta y cruzando los brazos. Mis ojos viajan por su cuerpo y me permito observarla. Lleva pantalones deportivos y una sudadera con capucha. Conozco esa sudadera.

—Estás usando mi sudadera —le digo, sintiéndome como si estuviera en la cima del mundo. Si lleva la sudadera que me quitó cuando empezamos a salir, eso debe significar algo, ¿verdad?

Abre mucho los ojos y luego mira su ropa.

—Yo no... esto... debo haber...—comienza, encontrando difícil formular una respuesta.

—Todavía te queda bien —le digo, mis ojos se enfocan en ella mientras observo sus reacciones.

Ella se sonroja.

—¿Necesitas las llaves?

—¿Las llaves? —pregunto confundido.

—Para arreglar el carro —responde, señalando la batería, y me doy cuenta de que esa es su forma de cambiar la conversación.

Le doy una mirada de complicidad. Quiero que sepa que puedo decir lo que está haciendo en este momento.

—Sí, Las llaves estarían bien —le digo. La cosa de la sudadera ha funcionado a mi favor dos veces ahora. Primero, me muestra que Emely tenía razón, definitivamente tengo una oportunidad. Además, le impidió pelear conmigo para dejarme arreglar su carro.

Se da la vuelta y aguanto la respiración esperando que no termine excluyéndome después de todo. Me siento aliviado cuando no cierra la puerta. En cambio, ella desaparece en algún lugar dentro de la casa y yo me quedo en su puerta esperando a que salga. Unos segundos después, regresa con las llaves del carro en la mano y sin la sudadera.

—Veo que decidiste quitarte la sudadera —le digo, incapaz de detenerme de seguir mencionándolo.

Sus mejillas enrojecen una vez más. Me acerco a ella, sintiendo el tirón contra el que nunca he podido luchar. Levanto la mano y la acerco a su rostro, deseando sentir su piel bajo las yemas de mis dedos. Ella me mira con atención, pero no me detiene. Sus ojos van y vienen entre yo y mi mano. Pongo un mechón suelto de ella detrás de sus orejas. No me pierdo el destello de decepción en sus ojos cuando bajo mi mano y muerdo otra sonrisa. Todavía la afecto. Y definitivamente ella me afecta.

Muevo mi mano a la de ella y tomo las llaves.

—Verte con mi sudadera me recordó cuando te la di —le digo.

—No recuerdo eso —me dice, pero puedo decir que está mintiendo.

—¿No lo recuerdas?

—Nop. Ni siquiera me di cuenta de que era tu sudadera con capucha hasta que me lo indicaste —responde, siempre luchadora.

—Bueno, recuerdo que tuve un partido de fútbol —comienzo—. Quería que usaras mi camiseta.

—Eso es cursi —dice ella y asiento triunfalmente.

—Es curioso que no lo recuerdes porque eso es lo que dijiste en ese entonces también. Dijiste que a los jugadores de fútbol les encanta cuando sus novias usan sus camisetas como una forma de mostrar a quién pertenecen y como una señal para que otros se alejen. Pero que cualquier chica podría usar la camiseta de un jugador. Entonces, en lugar de usar mi camiseta para los juegos, usaste mi sudadera con capucha. Porque solo tú la llevarías puesta. Y no necesitaste una camiseta para decirte que nos pertenecíamos —termino.

No extraño la forma en que se le humedecen los ojos.

—Gracias por venir a arreglar el carro —dice, luego se da la vuelta y desaparece en la casa por segunda vez. Esta vez, sin embargo, Amari no vuelve a salir.

Termino de reemplazar la batería y llamo a su puerta. Segundos después, la abre.

—La batería está lista. La probé. Ya no deberías tener ningún problema con eso. —Le entrego las llaves.

—Yo... um. Te agradezco que hayas venido a arreglarlo.

—Eso no es lo único que voy a arreglar —le digo.

Me tiende la otra mano y ahí es cuando veo la sudadera que sostiene.

—Toma.

Oh diablos, no.

—¿Qué es esto? —

—Tu sudadera —dice ella—. Pensé que quizás querrías que te la regresara.

Niego con la cabeza.

—No es la sudadera lo que quiero de vuelta. Eres tú. — Con esas palabras, me doy la vuelta y me alejo.

25

AMARI

Aplicando los toques finales a mi maquillaje, salgo del baño y entro a mi habitación.

—Tu maquillaje se ve precioso —me dice Emely desde mi cama.

Pongo los ojos en blanco.

—Deja de molestarme, ya te he perdonado—. Estuve enojada con ella durante dos días completos antes de finalmente atender su llamada y decirle que entendía. Se presentó en mi casa con chocolate y vino una hora más tarde.

—Lo sé... pero realmente la cagué. Pensé que no me ibas a hablar durante años.

—Pensé que no iba a hablar contigo por mucho tiempo también, pero luego me llamaste un millón de veces, me dejaste mil millones de mensajes de voz y un billón de mensajes de texto —le digo, buscando en mi armario mi vestido.

—Maldita sea, fui muy persistente —ella responde, y aunque estoy de espaldas a ella, puedo imaginarme la sonrisa cómplice en su rostro.

—Lo fuiste… y tampoco estabas del todo equivocada —le digo, agarrando el vestido y caminando hacia la cama donde está sentada.

—¿No estaba del todo equivocada en qué? —pregunta, y puedo entender la confusión en su tono.

—Lo averiguaste poco antes que yo y, aunque esperaba que me lo dijeras de inmediato, no estaba realmente enojada contigo por no decírmelo. —Cuando se trata de mejores amigas, la honestidad es siempre el camino a seguir, así que decido ser honesta con mi mejor amiga.

—¿No lo estabas? —pregunta, pero la mirada en sus ojos me muestra que ya sabe lo que voy a decir. Ella me conoce mejor que nadie.

La miro fijamente.

—Estaba enojada porque lo supiste antes que yo. Que Christian te lo dijo a ti en lugar de a mí.

Ella asiente.

—Eso es lo que me imaginé.

—¿Por qué le diste la oportunidad de explicarse? —pregunto, sentándome a su lado en la cama. Emely no es el tipo de persona que compra las tonterías de nadie. Odiaba a Christian cuando empecé a salir con él, lo odió aún más cuando me rompió, así que me pregunto qué la hizo tan misericordiosa. No es conocida por dar segundas oportunidades.

Ella se mueve de su lugar junto a mí y se para frente a mí, en lugar de eso, se arrodilla para que yo la mire.

—¿Quieres que sea honesta? —pregunta, sus manos en mis rodillas.

—Estoy un poco cansada de que la gente me miente —le digo.

—Lo amas —ella me dice. No es una pregunta. No hay ni una pizca de duda en su voz cuando pronuncia esas palabras.

—Está bien.

—Él te ama —ella agrega con la misma confianza. Esta vez, sin embargo, lo dudo. Estoy segura de lo que yo siento, pero no entiendo cómo ella puede estar segura de lo que él siente, ciertamente yo no lo estoy. Han pasado seis años.

Te quiero de vuelta, sus propias palabras vuelven a mi cabeza.

—Por favor, no te enojes conmigo de nuevo... —ella comienza y me preparo para lo que vendrá.

—Pero sé que te ama.

—¿Cómo lo sabes? —¿Me ha estado escondiendo más cosas? ¿Le ha dicho algo más?

—Cuando me echaste de tu casa, hablé con él. Me preguntó si pensaba que todavía tenía una oportunidad contigo.

—¿Él preguntó eso? —Repito, ignorando la parte en la que habló con él inmediatamente después de que me enojé con ella por hablar con él en primer lugar.

—Sí —dice y puedo decir que está tratando de andar con cuidado.

—¿Y qué dijiste? —pregunto, curiosa por saber cuál fue su respuesta.

Ella toma mis manos.

—Le dije que pensaba que él tenía una oportunidad.

Eso definitivamente no es lo que esperaba que mi mejor amiga le dijera—. ¿Por qué dijiste eso? —

—Porque podía verlo en tus ojos —dice—. Todavía puede.

Quiero discutir con eso, pero no lo hago, y eso le da la oportunidad que necesita para continuar.

—Dijo que no se daría por vencido contigo. Que no dejaría que volvieras a escaparte como agua entre sus dedos. Dijo que ya cometió el error de dejarte ir una vez y que, si hubiera una oportunidad contigo, no dejaría de intentar recuperarte—. *Te quiero de vuelta*, de nuevo me asaltan sus palabras.

Como un globo que finalmente se llena de aire, mi corazón se hincha al pensar en Christian luchando por recuperarme. Si realmente dijo eso, y no tengo ninguna razón para dudar de Emely, ya que él también me lo dijo a mí, si todavía me ama, ¿qué significa eso para mí, para nosotros?

—Ahí mismo, así es como sé que todavía lo amas —dice Emely, señalándome. Supongo que la esperanza que siento internamente también se puede ver externamente.

—Pensé que no te agradaba —le digo, sonriendo.

—No pensé que fuera lo suficientemente bueno para ti —dice ella y quiero saltar y defenderlo como lo hacía cada vez que alguien se atrevía a decir algo malo sobre él —. Tal vez sea el hecho de que ahora tiene una hija o algo, pero creo que ahora es diferente, más hombre.

Estoy un poco celosa de que mi mejor amiga suene como si supiera más sobre Christian que yo. Sin embargo, no digo nada porque también sabría más sobre él sí le hubiera dejado hablar conmigo. Si no lo ignoraba a él y sus esfuerzos por decirme la verdad durante semanas. Si no hubiera ignorado todas sus llamadas esta semana. Por otra parte, si alguien hubiera sufrido tanto como yo, no me culparían.

—¿Qué te hace decir eso?

—Simplemente suena diferente. Por otra parte, tal vez no lo conocía lo suficientemente bien en ese entonces. Fue realmente desinteresado de su parte amarte lo suficiente como para dejarte en el bachillerato.

—¿Crees que fue la mejor opción? —pregunto sin amargura detrás de mi voz, solo curiosidad.

—Desde tu perspectiva, al verte llorar más de lo que pensé que era humanamente posible, diría que no. Pero desde su perspectiva, tomando en cuenta sus razones, creo que fue lo que pensó que tenía más sentido.

—¿Entonces, qué piensas? —pregunto, preguntándome cuál sería su perspectiva.

—No creo mucho en el destino, pero creo que terminaste aquí por una razón. Podrías haber conseguido millones de trabajos. Trabajar en una escuela diferente. Pero terminaste en casa. Terminaste como directora de la escuela de su hija. La primera niña que llegó a tu oficina fue su hija. El primer padre que viste fue él. Son demasiadas cosas juntas para contar como una coincidencia.

—¿Estás diciendo lo que creo que estás diciendo? —pregunto, incapaz de dejar de soñar con ella.

—Creo que tal vez no fue el momento adecuado la primera vez. Quizás ustedes dos necesitaban crecer. No creo en el amor ni en ninguna de esas mierdas, lo sabes, pero ustedes dos ... no veo cómo eso es otra cosa que no esté destinada a ser.

—¿Quién eres y qué le hiciste a mi mejor amiga? —pregunto, tratando de contener las lágrimas.

—Lo sé, me estoy asustando aquí escupiendo toda esta mierda de amor. ¡Mira lo que me haces! —bromea y eso me hace reír.

Emely tiene razón. Sea lo que sea, sea cual sea la razón por la que estoy aquí y Christian nunca se fue... No puedo evitar pensar que tal vez haya más. Cada uno de nosotros hizo nuestras elecciones en ese entonces, la pregunta es, ¿qué elecciones haremos ahora?

26

ENTRAMOS EN EL GIMNASIO, QUE SE HA CONVERTIDO EN UN salón de baile. Literalmente. Los maestros a cargo del evento realmente hicieron todo lo posible con la decoración. Se siente como si hubiera retrocedido en el tiempo y entré en mi baile de graduación. Fue un buen momento.

Recuerdo que pensé en cómo iba a tener que convencer a Christian de que fuera conmigo. Aparte de jugar al fútbol, que llegó a ser el centro de atención, no le gustaba hacer apariciones públicas. Dejó de ir a fiestas y realmente no le gustaba asociarse con el resto de la clase. Pensó que la mayoría de ellos eran idiotas.

Recuerdo haber hablado con Emely sobre cómo conseguir que él me preguntara. Lo curioso es que no tuve que convencerlo. Él iba a pedirme que lo acompañara. Él sabía que yo quería ir y el Christian que yo conocía hizo todo lo que estaba en su poder para hacerme feliz. *Él haría cualquier cosa por mí*, mi cabeza me recuerda una verdad que siempre he sabido.

—¿Chica, es un baile para niños o una maldita fiesta de graduación? —pregunta Emely, un vaso de ponche ya en sus manos.

—¿Cuándo conseguiste eso? —pregunto, señalando el vaso rojo en su mano.

—Hiciste esa cosa en la que pareces estar muy metida en tus pensamientos, así que me alejé y lo agarré —responde—. ¿Quieres un poco?

Niego con la cabeza.

—Todo bien, gracias.

—Volviendo a este baile... ¿con qué tipo de presupuesto están trabajando? —dice, dándose la vuelta y asimilando todo.

—Claramente nos hemos sobrepasado del presupuesto —le digo. Esa es la única forma en que pudimos permitirnos transformar este gimnasio.

—No, no lo hemos hecho —dice la señorita Nichols, acercándose a mí. —Logramos hacer todo esto y mantenernos por debajo del presupuesto. ¿No estás orgullosa?

Una gran sonrisa aparece en su rostro mientras usa un vestido que no parece apropiado para un baile infantil.

—Por supuesto —respondo con una sonrisa en mi rostro que no es muy genuina, pero espero que ella no lo sepa.

Sé con certeza que no nos quedamos dentro del presupuesto, quiero decir que el DJ fue suficiente para
sacarnos de él.

—No puedo esperar a que comience la fiesta —ella
responde, aplaudiendo—. ¡Oh, tengo que irme!

Dice cuando ve a la Señorita Riley al otro lado del lugar
con dos vasos en la mano.

—¿Crees que agregaron alcohol a sus bebidas? —
pregunta Emely, poniendo mis pensamientos en
palabras.

—Esperemos que no. —No tengo idea de cómo son estos
bailes y lo último que necesito son maestros borrachos.

—¿Así que todo esto dentro del presupuesto, eh?

—Absolutamente no. ¿Te dije cuánto pagamos por el DJ,
verdad? —pregunto.

—Yo lo habría hecho por la mitad del precio —dice
Emely, riendo.

—Hubiera puesto una lista de reproducción en mi teléfono y hubiera estado genial —le digo.

—¿Eso consistiría en qué? Tu gusto musical es terrible —
bromea mi mejor amiga.

Llevo mi mano a mi corazón.

—¡Ay!

Ella se encoge de hombros.

—No nos decimos mentiras, estoy siendo honesta. Tu lista de reproducción sólo consta de canciones de principios de la década de los noventa.

—Ahí es cuando la música estaba en su mejor momento —respondo sin disculpas.

Emely toma un sorbo de su bebida.

—Estás viviendo en el pasado.

Me gustó más esa de todos modos, quiero responder, pero no, la fiesta de la lástima ha terminado.

—No hay nada de malo en eso —me defiendo.

—¿Viste su vestido? —pregunta Emely, cambiando de tema.

Miro a mi alrededor esperando que nadie la escuche.

—Amiga, cálmate antes de que todos los maestros se enojen conmigo. Estoy tratando de caerles bien, no que piensen que los estoy juzgando.

—¿Es un baile de padre e hija, verdad? —pregunta.

—Sí —respondo.

—Tal vez haya muchos padres solteros en tu escuela y esa es la razón del vestido —dice Emely.

Nunca pensé que la emoción que rodea a este baile no fuera más que el deseo de soltarme y dejar que los niños se diviertan. Por otra parte, no estaría del todo descabellado pensar que la señorita Riley, la señorita Nichols y la señorita Costa usarían sus mejores atuendos en un día en el que la mayoría de los hombres de la ciudad estarán aquí.

Mierda.

Christian es padre en esta ciudad. No es la primera vez que pienso en él en este baile, pero los bailes nunca han sido lo suyo. Por otra parte, haría cualquier cosa por su pequeña. Estoy seguro de que iría a un baile por ella, como lo hizo por mí en ese entonces.

Es un padre soltero sexy. Dice la voz en la parte posterior de mi cabeza y agarro la mano de Emely.

—Necesito un poco de ponche —le digo.

—Sabes que realmente no tiene nada de alcohol —dice con decepción en su voz mientras la arrastro a la mesa de bocadillos—. Tengo algo de alcohol en mi bolso, si quieres puedo agregar unas gotas a tu bebida.

Me detengo en seco, me doy la vuelta y la miro fijamente.

—¡¿Trajiste alcohol?! —susurro-grito.

—Me trajiste a una fiesta infantil... pensé que lo traería en caso de que necesite algo para superarlo.

—No hagas que me arrepienta de haberte invitado —le digo, tratando de ser el adulto. La verdad es que definitivamente me sentiría más relajada con un poco de alcohol en la mano y mejor aún si ya estuviera en mi cuerpo. Antes de jugar, esto hubiera sido increíble. Sin embargo, eso nunca sucederá, esa no es la manera de dejar una buena impresión. Es la primera vez que conoceré a los padres, aunque solo sean los papás, así que tengo que comportarme de la mejor manera y mi mejor amiga también.

—No eres divertida.

—Prométeme que no beberás —le digo.

Ella me pone cara de puchero y no reacciono.

—Está bien. Pero deberían estar más preocupados por ellas —dice, señalando a las tres maestras que están a cargo de asegurarse de que este baile transcurra sin problemas.

—Espero no tener que preocuparme por ellas, ni siquiera sabría cómo hacerle para corregirlas. —

—Tú eres la jefe, pero si necesitas ayuda, te respaldo.

Me río.

—Sí, no, gracias. —Seguimos caminando y llegamos a la mesa. Yo sirvo un poco de ponche en mi vaso y Emely y yo apreciamos la paz de un gimnasio casi vacío. Observamos cómo el DJ se instala y los maestros corren poniendo en orden las últimas cosas. Estoy lista para hacer lo que se me pida, pero a medida que pasa el tiempo parece que nadie necesita mi ayuda.

Emely y yo nos dirigimos hacia las gradas y tomamos asiento. Charlamos mientras esperamos que los padres y los estudiantes lleguen. Escucho a medias lo que está diciendo Emely mientras miro la puerta principal detrás de ella. Sé que se supone que debo estar enojada con él. Se supone que debo haberlo superado. Pero yo no lo he hecho. En este momento, estoy esperando ansiosamente que él y su hija atraviesen esas puertas.

CHRISTIAN

—SONRÍAN —INSTRUYE MI MADRE MIENTRAS APUNTA LA cámara a nuestras caras. Sonrío mientras me arrodillo junto a Ari. Nos estamos preparando para dirigirnos al baile de padre e hija, lo que significa que han pasado dos días desde que dejé a Amari en la puerta de su casa pensando en mi respuesta.

Te quiero de vuelta.

—Esto me recuerda a tus fotos de graduación —dice mi mamá. Sonrío cuando el recuerdo resurge. Mi madre era la única que sabía en ese entonces que Amari y yo salíamos. No quería que sus padres lo supieran porque supe que en el momento en que me vieran, en el momento en que supieran de mi reputación, la obligarían a dejar de verme. Sería la decisión correcta para cualquier padre, haría lo mismo si mi hija alguna vez pensara en salir con un chico como el que yo era, pero amaba a Amari. No quería que nos separaran... no después de que gravitamos el uno hacia el otro como imanes.

—¿Es la misma cámara que usabas en ese entonces? — pregunto, tratando de inyectar algo de humor a esta conversación.

Ella mira a la cámara y luego se ríe.

—¡Claro que sí! —Es una de esas viejas cámaras que tienes que llevar a la farmacia para imprimir tus fotos. Me pregunto si las farmacias todavía hacen eso.

—¿Podrías tomar un par de fotos con mi teléfono solo para que tengamos un plan de respaldo? —Odiaría que todas las fotos se perdieran.

—¿Un plan de respaldo para qué? —pregunta, desconcertada.

—Por si el dinosaurio de cámara falla. Quiero asegurarme de que Ari y yo tengamos estas fotos.

Le digo, sacando mi teléfono del bolsillo de mi esmoquin y entregándoselo. Esta es solo la segunda vez que me pongo un esmoquin, pero la ocasión lo requería, al menos eso es lo que mi mamá y Ari dijeron.

—¿Papá, podemos darnos prisa? ¡No quiero llegar tarde! —Ari dice con sus manos en mi mejilla mientras me gira para mirarla.

—¡Abuelita! Tienes una oportunidad —le digo a mamá.

—¡Sin presión! —ella responde.

Ari se ríe, la cámara hace clic y el momento se captura para siempre.

—Papá —dice Ari mientras me levanto de mi posición de rodillas.

—¿Sí, cariño? —Respondo, mis ojos fijos en ella.

—Gracias por venir a este baile conmigo —me dice y la levanto en mis brazos—. ¡Ten cuidado con mi vestido!

—Tendré cuidado —le digo y luego le doy un beso en la mejilla—. Es el baile padre-hija, como tu papá, es una especie de requisito que vaya.

No es que tenga pensado perdérmelo por nada del mundo.

—Algunos de los estudiantes no tienen papás, al igual que yo no tengo una mamá —me dice mí siempre inteligente hija y sus palabras me ponen sobrio.

—Lo siento —le digo, sin saber qué más decir para justificar la ausencia de su madre. La realidad es que debería estar aquí compartiendo todos estos momentos con su hija. Debería ser ella quien tome las fotos en lugar de mi madre. Probablemente esté tomando muchas fotos de sus últimas aventuras, olvidando que su hija existe. No he sabido nada de ella desde la última vez que llamó y Ari escuchó.

—No te disculpes, papá. Si quisiera estar aquí, ella lo estaría.

Las palabras de mi hija vuelven a sorprenderme. Ella es madura más allá de sus años.

—¿Puedo pedirte un favor? —agrega y me pregunto qué dirá a continuación.

—Cualquier cosa para ti —le digo, refiriéndome a cada palabra.

—Si hay alguien en el baile cuyo padre no esté o esté triste, ¿podrías bailar con ellas? —Sonrío a la niña en mis brazos—. Simplemente señálamelos y veré qué puedo hacer. No soy el mejor bailarín, pero estoy seguro de que me defiendo.

Le digo, empezando a bailar la rutina de baile más loca y descoordinada con ella a cuestas.

Ella se ríe y ríe, lo que me hace bailar aún más loco. La risa despreocupada de mi hija me recuerda que no lo arruiné todo.

—Tenemos que asegurarnos de pedir permiso antes de empezar a bailar con alguien —me dice.

—Es verdad. Simplemente señálamelos y yo pediré permiso —le aseguro, poniéndola en el suelo.

—Está bien, lo haré. Pero papá...

—¿Sí?

—El primer y último baile son míos —dice, su mano en la mía.

—Siempre, niña.

Mi madre se aclara la garganta y noto las lágrimas en sus ojos.

—Tan conmovedor como esto es, ustedes necesitan ponerse en marcha antes de que lleguen tarde.

—¿Abuelita, estás llorando? —pregunta Ari, perspicaz como siempre.

Mi madre asiente mientras se seca las lágrimas de pura alegría.

—Yo, esto… estoy muy orgullosa de ustedes.

Miro a Ari y ella me mira a mí. Guiñándole un ojo, le doy la señal y ambos corremos hacia mi madre y la atrapamos en un abrazo grupal.

—Te amamos, abuelita —dice Ari.

—Más de lo que te puedes imaginar —agrego.

—Los amo tanto a los dos, mi corazón se llena cuando puedo presenciar momentos como este. —Soltamos a mi madre y su mano llega a mi mejilla—. Estoy orgullosa del hombre en el que te has convertido.

Acepto sus palabras y debo admitir que estoy de acuerdo con ella.

Tengo mucho más por hacer, pero estoy orgulloso del camino que he tomado. Estadísticamente, las cosas podrían haber sido muy diferentes para mí.

—Está bien, está bien, ¡tenemos que irnos ahora! —Ari dice, rompiendo el momento.

Extiendo mi mano hacia ella y me inclino como si me encontrara con la realeza, ella es mi princesa. Ari se ríe de mis payasadas y luego toma mi mano. Caminamos hacia la camioneta y nos dirigimos a la escuela.

27

AMARI

—¿AMARI, ESTÁS BIEN? —PREGUNTA EMELY, ACERCÁNDOSE a mí cuando salgo del cubículo del baño de mujeres.

Asiento con la cabeza secándome las lágrimas que corren por mi rostro.

—Sí, estoy bien —le digo, sabiendo que no podría estar más lejos de la verdad. Ella también lo sabe.

—¿Por qué estás llorando? —pregunta, cerrando la distancia.

Me encojo de hombros.

—Sabes por qué estás llorando —dice a sabiendas.

Lo sé. Solo estoy nostálgica.

—¿Lo has visto? —pregunto, sabiendo que la pregunta no tiene sentido. Por supuesto que ella lo ha visto. Es el chico más guapo aquí.

219

—¿Cómo podría no verlo? Ha estado gravitando hacia ti desde el momento en que entró. No ha dejado de mirar de un lado a otro entre su hija y tú.

Lo he estado observando a él y a su hija desde que llegaron. Cuando entró por las puertas, fue difícil para mí no hacerlo. Lleva un esmoquin, como en el baile de graduación. Excepto que se ve incluso mejor ahora que en ese entonces, lo cual no pensé que fuera posible. Su hija lo tomó de la mano mientras llevaba una tiara y un vestido rosa. Fue la cosa más linda que he visto en mi vida y algo me golpeó directamente en el pecho. Solo tomó unos segundos darme cuenta de cuál era esa emoción, era un sentimiento de pérdida. Los vi y vi un futuro del que podría haber sido parte y de repente me sentí vacía. Tuve que correr al baño para no llorar en medio del gimnasio.

—Lo que pasa es que... —comienzo.

—¿Desearías que fuera tu familia? —Emely agrega por mí y yo asiento. No sé quién es la madre de la niña, y ahora sé que ella no está en la foto, pero desearía como ninguna otra cosa que hubiera sido yo. Que yo fuera su mamá y él fuera mi esposo y que criáramos a nuestra familia juntos. Me hubiera encantado tener ese feliz para siempre.

—Ojalá... —empiezo y en el momento en que abro la boca mis lágrimas siguen.

Emely cierra la distancia y me abraza.

—Déjalo salir y luego levántate. Tienes que volver allá —dice, pasando su mano por mi cabello, consolándome como lo había hecho muchas veces antes.

Me aclaro la garganta después de unos segundos.

—Estoy bien.

—¿Estás lista? —me pregunta.

—¡Déjame arreglarme muy rápido, entonces estaré lista! —Le digo a ella. Me miro en el espejo y trato de hacer todo lo posible para arreglar el maquillaje que he arruinado con lágrimas.

Termino de limpiar mi maquillaje y me lavo las manos. El teléfono de Emely suena y la veo sacarlo del área de sus tetas.

—¿En serio? —Niego con la cabeza hacia ella.

—No traje un bolso —dice, como si esa fuera una explicación razonable de por qué su teléfono está al lado de su pecho.

—Podrías haberlo puesto en el mío —le digo.

—Tengo que tomar esto —responde, mirando su identificador de llamadas—. ¿Vas a estar bien, Amari?

Ya va en camino a la puerta de salida; debe ser importante.

—Sí, tranquila —respondo y luego sale corriendo por la puerta.

Me miro en el espejo una vez más. Aunque he hecho todo lo posible, mis ojos todavía están rojos. La evidencia de mis lágrimas todavía está ahí. He llorado tanto en las últimas semanas que espero que el enrojecimiento y la hinchazón de mis ojos se confunda con síntomas de alergia.

—¿Ella acaba de decir que tu nombre es Amari? —dice una voz, tomándome con la guardia baja.

Me doy la vuelta y encuentro a la hija de Christian parada a un par de pies de mí.

—Así es, ese es mi nombre de pila —explico—. Amari Santana, pero ustedes niños pueden llamarme señorita Santana.

Recuerdo la primera vez que escuché los nombres de pila de mis maestros. Fue raro. Hasta el día de hoy, si viera a uno de ellos caminando, todavía los llamaría por su apellido. Sé que es habitual en ciertas zonas. Pero lo hago porque se sentiría raro llamarlos de otra manera. Es como cuando te encuentras con tu anterior maestro en un bar.

—Eso es interesante —dice ella, su dedo meñique subiendo a su barbilla mientras está parada allí.

—¿Qué es interesante? —pregunto, sintiéndome como si una niña de seis años estuviera a punto de decirme que tengo el peor nombre que haya escuchado.

—Mi papá me puso el nombre de alguien llamado Amari. Fue el amor de su vida. No pensé que fuera un nombre tan común. —*No lo es.*

28

Con esas palabras sacudiendo todo debajo de mí, Ari se encoge de hombros y entra en un cubículo.

Con la boca todavía abierta, me quedo quieta tratando de procesar lo que acaba de decir esta niña de seis años. Con unas pocas palabras sencillas, ha puesto mi mundo de cabeza, como lo ha hecho su padre.

Hago algo que no debería, espero a que salga del baño porque quiero escuchar más. Porque me temo que, si no aprendo más de ella, buscaré a Christian y se lo preguntaré. Quiero asegurarme de escucharla claramente antes de dejar que mi corazón se apodere. Sé que no debería hacerle ninguna pregunta a esta niña, a esta estudiante, pero no puedo evitarlo. No cuando reveló algo tan inesperado.

—¿Sigues aquí? —pregunta, saliendo del cubículo y dirigiéndose directamente al lavamanos. Ella se para a mi lado y comienza a lavarse las manos.

—Sí… quería aprender un poco más sobre esta persona por la que te nombraron.

—Amari —dice, recordándome el nombre que había dicho antes—. Como tú.

Agrega, como si ya lo hubiera olvidado. Esto no es algo que pueda borrar de mi cabeza.

—¿Dijiste que tu papá te puso el nombre de ella? —pregunto de nuevo y Ari me da una mirada impaciente. Como si estuviera confundida sobre por qué no la entendí la primera vez.

—Sí, hablé con él sobre eso el jueves y comenzó a contarme sobre su vida antes de que yo naciera. Dijo que se enamoró de esta chica llamada Amari, pero que antes de conocerla a ella, él había sido un chico muy malo.

—¿Él dijo que? —presiono.

—Sí… dijo que cuando se enteró de que mi madre estaba embarazada de mí, supo que tenía que renunciar a ella. Pero la amaba tanto que cuando supo que yo era una niña, supo que tenía que ponerme su nombre. Porque él nos amaba más a las dos. Entonces, Amari y Ari. Mira, es como si yo fuera parte de ella. La parte que mi papá se quedó.

Me trago las lágrimas que quiero derramar, temo que, si lo hago, la asustaré.

—¿Dijo lo que pasó con esta persona? —pregunto, mi voz pierde fuerza cuando las emociones comienzan a apoderarse de mí.

—Dijo que está tratando de recuperarla y que todavía la ama. Que se equivocó pero que quería lo mejor para ella y no pensaba que él fuera eso, lo cual es una locura porque mi papá es el mejor padre del mundo —ella termina con una sonrisa.

—No lo dudo —le digo y una lágrima se desliza por mi ojo.

—No llore, señorita Santana —dice mientras termina de lavarse las manos.

Limpio la lágrima.

—Lo siento. Esa fue una historia tan conmovedora —le digo.

Ari agarra una toalla de papel del mostrador, se seca las manos y luego da unos pasos hacia mí.

—¿Está tu papá aquí? —pregunta, tomando mi mano.

—No, él y mi mamá ya no viven aquí —le digo, tratando de contener mis emociones, estoy tan consumida por los sentimientos que no sé dónde ponerlos. *A su hija le puso mi nombre. Le dijo que todavía me amaba. Quería criar a su familia conmigo. Está tratando de recuperarme.* Todas estas conclusiones y pensamientos me sorprenden, asustan y emocionan.

—Tengo una idea —responde y luego sale del baño, dejándome atrás una vez más, excepto que esta vez, me quedo atrás con un millón de emociones que no había esperado.

Me lleva diez minutos recuperar la compostura. Tuve que volver a aplicar el poco de maquillaje que me puse porque estaba todo desordenado y nada más podía arreglarlo. Sabía que no debería haber usado maquillaje, pero no esperaba llorar esta noche.

Hay muchas cosas que no esperaba.

Me aclaro la garganta por última vez y luego salgo del baño. Justo cuando salgo, casi me encuentro con Emely.

—Ay —dice ella.

—Ni siquiera te toqué —le digo.

—Lo siento, fuerza de la costumbre —se encoge de hombros.

—¿Me estabas buscando? —pregunto.

—Sí, terminé la llamada y no estabas en el gimnasio ni en tu oficina. Pensé que me habías abandonado.

—No puedo dejar esta fiesta... soy la directora.

—Bien, bien. Así que decidí volver a revisar el baño.

—¿Cómo estuvo la llamada? —pregunto, tratando de distraerme.

Ella hace una mueca amarga.

—Tengo que volar mañana. Tengo que volver a México porque el cliente está siendo difícil y necesitan que alguien lo maneje.

—¿Qué eres una solucionadora de crisis de clientes?

—Supongo. Basta de trabajo, ¿por qué seguías en el baño? —pregunta—. ¿Seguías llorando?

Asiento con la cabeza.

—Lo estaba, pero no por lo que piensas…

—¿Qué pasó? —pregunta, la curiosidad pintada en su rostro mientras sus ojos me miran expectantes.

—Te lo diré cuando lleguemos a casa. Prefiero no volver a abrir las compuertas. Me tomó mucho tiempo no parecer que me atropellaron, así que hablemos de eso más tarde.

—Necesito volver a la fiesta y mostrar cara.

Hablar con Emely sobre mi conversación con Ari me volvería a irritar.

Necesito calmarme.

29

—Señorita Santana —una voz que he llegado a reconocer llama mi nombre.

Me doy la vuelta para encontrar a Christian y Ari parados uno al lado del otro y frente a mí.

Tratando de evitar mirarlo a los ojos, pongo mi atención a su hija. La niña que nombró en mi honor.

—¿Sí, Ari? —Le digo, agachándome para estar cara a cara con ella. Aunque no lo estoy mirando a él, puedo sentirlo. El aire crepita con tanta tensión que no puedo ser la única que lo siente. Pero no voy a intentar averiguar si le está afectando, mirándolo a los ojos. Eso siempre ha sido algo peligroso.

—¿Recuerdas cómo estabas llorando? —pregunta y me golpea la vergüenza.

—Yo no estaba... —Comienzo, pero hago una pausa, dándome cuenta de que no quiero mentir o hacer que parezca una mentirosa.

—Te vi llorar cuando entré al baño. Y luego, cuando te estaba contando la historia, vi que querías llorar de nuevo —agrega. Los niños nunca se pierden nada.

Cierro los ojos y los abro de nuevo, luego asiento.

—Tienes razón. Estaba llorando, lo siento.

—No necesitas disculparte.

Le sonrío para que vea que todo está bien.

—Sin embargo, estoy sintiéndome mejor —le digo.

—¿Pensé que deberías bailar con mi papá? —dice y toso hasta el punto de que me ahogo.

Los pies se mueven, y segundos después, la mano de Christian se extiende hacia mí mientras me entrega un vaso de agua.

—Gracias —le digo después de tomar un sorbo y controlar mi tos.

—Mi papá es un caballero —dice Ari mirándolo—. Acordamos que si veía a alguien con quien pensaba que debería bailar, él lo haría. Entonces, creo que debería bailar contigo.

Doy otro trago de agua y, al darme cuenta de que no es suficiente, me lo bebo todo.

—Es tu día. Deberías ser tú quien baile con él —le digo, tratando de razonar con ella.

Espero a que Christian diga algo. Para decirle que no quiere bailar conmigo. Que prefiere bailar con cualquier otra persona. Pero en cambio todo lo que dice es.

—Me encantaría bailar contigo. —Y esas palabras son mi perdición porque, de repente, encuentro mi mano en la de Ari. Levanto los ojos y me encuentro con los de Christian y las chispas vuelan cuando la mano de Ari conecta la mía y la suya entre sí. Ella la suelta y todo lo que me queda es mi mano en la suya. Las manos de Christian se sienten diferentes a las de antes, más ásperas. Más fuerte.

—Mira, a mi papá le encantaría bailar contigo. ¿Bailarías con él? —pregunta, mirándonos a los dos.

Asiento con la cabeza. Me doy cuenta de que no hay salida, pero incluso si la hubiera, no quiero tomarla. No cuando mi corazón palpita al sentir la mano de Christian sujetando la mía. Me agarra con fuerza, asegurándome silenciosamente que no lo dejará ir esta vez. Es curioso, no quería nada más que escapar de él, pero ahora no quiero nada más que perderme en él.

—Sólo por un baile —le digo, pero es más para mí. Más de un baile y las cosas pueden ponerse peligrosas. Más de un baile, y no podré evitar besarlo en este baile de la escuela frente a todos.

—Un baile, por ahora —dice Ari con esa sonrisa tortuosa que siempre tuvo Christian.

Christian se agacha y besa la frente de su hija.

—No vayas demasiado lejos —le dice.

—No lo haré, papá. Voy a ir a hablar con algunos de mis amigos —dice, señalando detrás de ella a un grupo de estudiantes de quinto grado que se ríen mientras miran en nuestra dirección—. Te apuesto qué pensarán que ustedes dos están saliendo.

El ataque de tos comienza de nuevo.

—Tengo que irme —dice cuando sus amigos le hacen señas para que vaya con ellos.

—¿Necesitas más agua? —Christian pregunta, su mano izquierda está justo debajo de mi barbilla mientras me gira para mirarlo.

Lentamente llevo mis ojos a los suyos. Niego con la cabeza para responder a su pregunta cuando no puedo formular ninguna palabra.

—¿Estás segura? —pregunta cuando mi tos continúa y sus ojos se sienten como si estuvieran mirando dentro de mi alma.

Finalmente dejo de toser.

—Estoy bien —le digo. Sin soltar mi mano, me lleva a la pista de baile. Como en todas las películas cursis, el DJ de alguna manera decide que esta fiesta no necesita el tipo de música que te hace saltar arriba y abajo, sino la que ralentiza todo. Haciendo que todo suceda en cámara lenta.

Christian me sonríe y el suelo debajo de mí tiembla por el impacto.

—¿Estás lista? —pregunta, cerrando la distancia entre nosotros—. He extrañado bailar contigo.

Esas palabras susurradas en mi oído envían descargas eléctricas a través de todo mi cuerpo.

—¿Has extrañado bailar conmigo? —pregunto, mi voz pertenece a una chica menos segura. Una que está luchando contra sus emociones.

—Extrañaba tener tu mano en la mía —agrega mientras lleva nuestras manos a sus labios y besa las mías—. Extrañaba la forma en que tus ojos se agrandan cuando estás nerviosa.

Termina la frase colocando mi mano en su pecho.

—La forma en que aumenta mi frecuencia cardíaca cuando estás cerca. —Siento el latido de su corazón bajo mi mano. Incluso con el sonido de la música, los gritos y alaridos de las niñas y sus padres a nuestro alrededor, puedo sentir su corazón latiendo. Erráticamente. Apresuradamente. Como si estuviera en una montaña rusa. Estoy ahí con él.

—Yo también extrañé esto —le digo, sorprendiéndome con mi honestidad.

—¿Qué has extrañado exactamente? —presiona, nuestros pies moviéndose al ritmo de la música.

—Te he extrañado a ti. A nosotros —le digo con franqueza.

—Si me das una oportunidad, ya no tienes que extrañarnos.

Si le doy una oportunidad, ¿qué? ¿Podría conquistarme de nuevo? ¿Tiene siquiera que hacerlo? Ya soy suya, siempre lo he sido. Aunque no he querido nada más que ser liberado del control que él ha tenido sobre mí, nunca fui liberada y eso se debe en parte a que no quiero serlo.

—Te daré una oportunidad —le digo, esperando que no me haga lamentar mis palabras.

Como si estuviera escuchando mis pensamientos, me hace una promesa.

—No te arrepentirás, Amari. —Su seguridad trae un poco de paz, pero la duda sigue apareciendo. Él me hizo promesas antes que no cumplió, ¿qué me hace estar tan segura de que mantendrá esta?

Inesperadamente, cuando la canción está a punto de terminar, los labios de Christian encuentran los míos y estoy perdida en otra canción por completo, excepto que esta no está siendo tocada por el DJ. No, esta canción proviene directamente de dos corazones que finalmente están latiendo juntos y creando la melodía perfecta. Estoy perdida en la familiaridad y extrañeza de sus labios, de su toque. Estoy borracha con una mezcla del Christian que conocí y amé y la nueva versión de él, que es un misterio que me estoy dando la oportunidad de descubrir.

—Sabía que eras tú —dice una voz y nos separamos de inmediato como adolescentes a los que pillaron haciendo algo que no deberían. Cuando miramos hacia abajo, encontramos a Ari mirándonos de nuevo.

—¿Sabías que era quién, qué? —Christian pregunta, para nada emocionado por el hecho de que su hija, y probablemente toda la facultad y el personal de la escuela primaria, así como los padres y las hijas, nos acaban de ver besándonos.

Ari sonríe con complicidad.

—Cuando me contaste la historia de la Amari que amabas, la chica que se escapó, supe que era ella.

Christian me mira y luego a su hija, la niña es bien inteligente.

—¿Entonces, arreglaste esto? —pregunta, su mano encontrando la mía naturalmente, como lo habíamos estado haciendo durante años. Como si nunca hubiéramos parado.

—Estabas tardando demasiado en recuperarla. Tuve que hacer lo que pude para que sucediera —agrega y me quedo parada allí con una sonrisa en mi rostro mientras aprecio a la niña genio frente a mí.

Christian se arrodilla frente a ella.

—Gracias por la ayuda, niña. Sabía que eras inteligente.

—Soy tu hija después de todo —ella le dice.

—Eso es cierto —le dice, besando la parte superior de su cabeza una vez más y mi corazón está lleno de aprecio y amor.

—Amari... quiero decir, señorita Santana —se corrige Ari y yo me detengo para no reír—. Mi papá te ama. ¿Tú lo amas?

Como si estuviera en una sala de interrogatorios, Ari y Christian me miran esperando mi respuesta como si el destino del mundo dependiera de ello.

—Sí, lo amo. Nunca he dejado de hacerlo —les confieso a los dos.

—Me puso tu nombre, así que claramente nunca dejó de amarte tampoco.

Obviamente.

—Nunca pude parar —agrega Christian.

Una nueva canción comienza a sonar y los ojos que noté que nos miraban hace unos segundos finalmente comenzaron a mirar hacia otro lado.

—Podemos resolver todo el asunto de la señorita Santana, Amari, o mamá más tarde, pero ¿puedo robar a mi papá por esta canción? Es mi favorita.

Asiento con la cabeza. Aturdida por sus palabras. Su honestidad. La forma en que hace que las cosas que parecían tan complicadas sean tan simples.

—No te preocupes, él regresará —ella agrega y luego él me suelta la mano y camina con ella hacia donde ha aparecido un círculo de baile frente al escenario improvisado.

Me quedo allí, con la cabeza nublada por todo lo que ha sucedido.

—No querías hablar antes, pero definitivamente estamos hablando ahora —dice Emely, saliendo de la nada. Por supuesto que vio todo. Mi mejor amiga no se pierde nada.

EPÍLOGO I

AMARI

Poco más de un año después

SUENA EL TIMBRE, SALGO DE LA COCINA Y ME DIRIJO A LA puerta.

—Hola —saludo a la mamá de Christian.

—Hola, cariño —me da un beso en la mejilla—. ¿Cómo va todo?

—¡El día de acción de gracias es una gran responsabilidad! —le digo.

El año pasado, festejamos en su casa y todo salió tan bien. Esta vez, nos ofrecimos a hacerlo nosotros. Sí, en nuestra casa. Porque Christian, Ari y yo ahora vivimos juntos. Nos mudamos a la antigua casa de mi infancia. Fue necesario rogar mucho para que Christian pusiera su casa en venta, pero la mía era más grande y necesitaríamos el espacio.

—Claro, que lo sé. Me alegro de poder pasártelo —se ríe
—. Traje vino.

Le quito la botella.

—Lo necesitaremos con seguridad —le digo.

—¿Entonces, dónde están Christian y Ari? —La señora
Cole pregunta mientras comenzamos a caminar hacia la
cocina.

Oh sí. Esos dos.

—Los eché de la casa mientras terminaba de preparar las
cosas. Fueron a recoger a mi mamá y a mi papá en el
aeropuerto.

—Sí, Christian mencionó que iban a venir.

—¿Te dijo que fue él quien los invitó? —pregunto.

Ella sonríe.

—Tus padres fueron muy amables con él cuando te
fuiste. —Aparentemente, mientras yo estaba fuera, Christian conoció a mis padres. Hizo algunos trabajos en esta
misma casa, en la terraza trasera. Lo invitaron a tomar un
refrigerio y se pusieron a hablar. Incluso conocieron a Ari
y los invitaron a cenar de vez en cuando. Cuando mis
padres interrogaron a Christian por hacer demasiadas
preguntas sobre mí, él les contó lo que estaba pasando.
Todo lo que pasó entre nosotros.

Otra vez estuve enojada con Christian por un tiempo.
Incluso estaba furioso con mis padres, pero eso no duró.

Mis padres no sabían sobre Christian en el bachillerato porque lo mantuve alejado de ellos por temor a lo que dirían cuando lo conocieran. Querían dejar que mis elecciones fueran mis elecciones, pero supongo que entendieron por qué no regresaba a casa más de lo que pensaba. Dijeron que la razón por la que no vendieron la casa fue porque esperaban que yo regresara. Esperaban que Christian y yo volviéramos el uno al otro.

Decir que me sorprendió es quedarse corto. Supongo que así es como Christian me vigilaba después de todo.

—Sí, Christian me lo contó todo. Mis padres también lo hicieron cuando se enteraron de que volvimos a estar juntos.

—¿Cómo se enteraron de que estaban juntos de nuevo? —pregunta.

Le doy una mirada de complicidad.

—Tu hijo.

—Ese es mi chico —responde con orgullo.

La señora Cole toma asiento en la mesa de la cocina.

—¿Entonces, grandes noticias esta noche? —pregunta mientras reviso el pavo en el horno por millonésima vez. Realmente quiero asegurarme de que todo sea perfecto.

—Sí, señora. No puedo esperar para sorprenderlos a ambos —le digo—. Supuse que tener a nuestras familias en el mismo lugar a la misma hora será el mejor momento para darles la noticia a todos. Esperemos que no se me queme el pavo.

CHRISTIAN

—Muchas gracias por venir por nosotros —dice la mamá de Amari mientras sube a la camioneta.

—Sí, hijo, gracias —repite su esposo.

—No tienen que agradecerme. Estoy feliz de que pasen el Día de Acción de Gracias con nosotros —les digo.

Dándole la vuelta al vehículo, me dirijo al asiento del conductor con el señor Santana sentado en el frente y la señora Santana sentada en la parte trasera con Ari.

—¡Mira a quién tenemos aquí! —Oigo decir a la señora Santana.

—Es tan bueno verte de nuevo —la saluda Ari, dándole un gran abrazo.

Desde mi espejo, puedo ver a la señora Santana pasando sus manos por el cabello de mi hija con amor.

—Parece que nos veremos a menudo —dice la señora Santana a sabiendas.

—¿Entonces, conoces el plan, verdad? —Ari pregunta y me río.

—Se ha esforzado mucho por no decir nada —les digo.

El señor Santana mira hacia atrás a su esposa y a mi hija.

—Oh, sabemos el plan con seguridad —le dice.

—Gracias a Dios porque no puedo mantenerlo por mucho más tiempo.

—No tendrás que hacerlo, niña —le digo.

Empiezo a conducir lejos del aeropuerto y de regreso a la casa donde mi chica está esperando que su familia llegue. Familia, me gusta cómo suena eso. Amari era lo que necesitaba para completarme. Ella era la parte que faltaba en el rompecabezas, una gran parte también. Ahora con ella aquí, la imagen es clara.

—¿Eso significa que puedo llamarte abuelita? —Ari pregunta y todos en la camioneta comienzan a reír.

—Nada me encantaría más que tener una nieta como tú. Por supuesto que puedes llamarme abuelita.

El señor Santana se aclara la garganta.

—En realidad, sólo puedes tenerla como tú abuelita a ella si me das el honor de ser tu abuelito.

—¡Nunca he tenido uno de esos! —Ari exclama y me golpea un poco de tristeza. Mi padre nunca estuvo cerca de nosotros y, bueno, tampoco el lado de la familia de Katie.

—Bueno, ¿qué dices? —El señor Santana responde emocionado.

Miro hacia atrás brevemente para ver la sonrisa en el rostro de mi hija.

—Sabes que se supone que los abuelos miman a sus nietos, ¿verdad? Eso es lo que hace mi otra abuelita —les dice y niego con la cabeza ante el genio al que llamo hija.

—¿Te dijimos que te trajimos algunos regalos? —La señora Santana responde y sé que eso cierra el trato.

—¡Eres la mejor abuelita! —Ari dice abrazándola.

—Le diré a mamá que dijiste eso —bromeo.

—Esto… mejor no —responde Ari y todos nos reímos.

—No hay favoritos aquí. Todos te amamos por igual —le dice la señora Santana, besando la parte superior de su cabeza.

Ari y la señora Santana mantienen una conversación propia en el asiento trasero mientras yo mantengo la mía con el señor Cole.

—Muchas gracias.

—No nos perderíamos esto por nada del mundo —él responde.

—No me refiero a esto, aunque estoy agradecido de que ustedes también estén aquí —le digo—. Te estoy agradecido por conocerme. Por escucharme hablar sin cesar de tu hija, de lo mucho que la amo. Gracias por comprender las razones detrás de mis errores y por dejarme saber cómo le estaba yendo cada vez que tuvo la oportunidad.

—Escucha, hijo —él comienza y el hecho de que este hombre no tenga ningún parentesco consanguíneo conmigo, pero pueda llamarme esas palabras me conmueve—. Todos cometemos errores. Entonces eras joven. Te vi como un hombre trabajador que quería mantener a su hija mientras hacía todo lo posible para no lastimar a nuestra hija. En todo caso, estoy agradecido de que hayas sido lo suficientemente sacrificado como para dejarla ir.

—No creo que lo vuelva a hacer si pudiera retroceder en el tiempo —le digo con sinceridad. solía pensar que tomaría la misma decisión una y otra vez porque pensé que era la correcta. Pero ahora, si me ofrecieran la misma opción, sería egoísta. Yo la hubiera elegido a ella. Le habría dicho la verdad y vería como solucionábamos las cosas.

—No podemos cambiar el pasado, pero te estás preparando para darle a ella, y a ti mismo, el futuro que ambos merecen.

Sonrío ante las palabras de este hombre. Siempre me preocupé por lo que pensaría de mí cuando me conociera. En ese entonces, ni siquiera quería que me viera por miedo a lo que haría para mantener a su hija alejada de mí. Pero mientras nos sentamos uno al lado del otro en este viaje de regreso, con él llamándome hijo, no creo que alguna vez haya tenido un mejor modelo a seguir para un padre y un esposo. No le diré esto, todavía no, pero al igual que mi hija ahora lo considera un abuelo, yo lo considero un padre. No el que me trajo al mundo, sino el que me entendió.

EPÍLOGO II
CHRISTIAN

ME ACLARO LA GARGANTA Y LAS VOCES ALREDEDOR DE LA mesa del comedor se detienen lentamente. Puedo sentir mis manos sudando mientras agarro mi copa y me levanto de mi asiento. Todos los ojos se mueven hacia mí.

—Entonces, sé que es la cena de acción de gracias —comienzo. Cambio mi postura para estar cara a cara con el amor de mi vida—. Y todos ustedes alrededor de esta mesa son personas por las que estoy agradecido.

Escaneo mis ojos alrededor de la habitación. Miro a Amari, los padres de Amari, mi hija, mi madre, Emely y Nigel.

—¡Maldita sea, claro que sí! —Nigel grita y un ruido sordo proviene de debajo de la mesa seguido de un ay de Nigel, quien mira directamente a Emely, quien le da una mirada de "compórtate".

Respiro hondo y me empujo a continuar.

—Cada uno de ustedes aquí es familia. Hace dos años, estábamos mi mamá, Ari y yo sentados alrededor de una mesa diferente. Fue genial, no me malinterpretes, pero estoy feliz de que nuestra familia haya crecido.

Extiendo mi mano y tomo la mano de Amari.

—Todos aquí son importantes para cada uno de nosotros. Hemos pasado por muchas cosas juntos y separados —agrego—. Hoy, hay una cosa más por la que quiero estar agradecido.

Fijando mis ojos en Amari, bajo al suelo hasta que estoy hincado. En el momento en que me ve en esta posición, sus ojos se humedecen y su boca se abre con sorpresa.

Desde detrás de mí, Ari extiende su manita y me entrega la caja con el anillo.

—¡Oh, Dios mío! —Amari dice, sus ojos moviéndose de mí y al anillo a Ari y todos los demás.

—Quiero estar agradecido por la posibilidad de llamarte mi esposa. ¿Te casarías conmigo?

—¡Di que sí, di que sí! —Ari dice detrás de mí, haciéndonos reír a todos.

Amari mira alrededor de la habitación una vez más, y veo las lágrimas rodando por su rostro.

—Nada me encantaría más que ser tu esposa —responde. Poniendo el anillo en su dedo, me levanto del suelo tan rápido como puedo. En cuestión de segundos, la estoy abrazando, besando y dándole vueltas.

Todos aplauden mientras me convierto en el hombre más feliz del mundo.

AMARI

—¡Bájame, bájame! —le digo entre lágrimas. Incluso con el anillo en mi dedo y todos los demás vitoreando a nuestro alrededor, no puedo creer que Christian me acaba de proponer matrimonio. Por la mirada en los ojos de todos los demás en la sala, soy la última en saberlo.

Me arroja besos por todas partes. El último en mi frente.

—¡Bájame! —le digo una vez más.

—¡Está bien! —él cede, finalmente bajándome al suelo. La sonrisa en su rostro me hace sentir que no hay nada malo en el mundo. Como si todo fuera perfecto.

—¡Ella dijo que sí, vamos a brindar! —Christian anuncia. Agarra dos copas y les sirve champán.

Le agarro una de las copas y se la entrego a mi madre, que está sentada a mi derecha.

—¿No quieres beber? —pregunta, confusión visible en sus ojos.

—No eres el único con una sorpresa aquí esta noche, papá —le dice Ari. Él se vuelve hacia ella y observa la mirada taimada en sus ojos, una que ella le quita. Luego me mira.

Puedo ver las ruedas girar en sus ojos cuando se da cuenta de lo que esto podría significar. Intento vencerlo hasta que se dé cuenta.

—¡Estoy embarazada! —anuncio y veo sus ojos abrirse por la sorpresa.

—No me mientas —él responde y luego mira alrededor de la habitación a las caras de todos.

Cuando sus ojos vuelven a los míos, respondo.

—Ari va a ser hermana mayor en unos meses —le digo.

—Mierda...— se detiene antes de terminar esa frase—. ¡¿Vamos a tener un bebé?!

Luego, vuelve a cerrar la distancia entre nosotros y me lanza besos.

ARI

No soy muy buena guardando secretos, pero esta vez tenía dos. Mi papá le iba a pedir a Amari que se casara con él y Amari le iba contar que está embarazada. Todos lo sabíamos. Todos menos ellos sabían lo que iba a pasar. Todos guardamos los secretos para que ambos pudieran sorprenderse.

Me alegro de que me hayan incluido en la planificación, pero también me alegro de que no haya más sorpresas o secretos porque mantenerlos ha sido mucho trabajo.

Veo a mi papá mientras abraza a la mujer que ama, la mujer por la que me dio mi nombre. Estoy tan feliz por él. Sé que mi papá me ama, pero me di cuenta de que también se estaba perdiendo algo más. El tipo de amor que siempre tienen las películas. Soy su princesa, pero necesitaba una reina para estar con él. Un día, seré reina y tendré mi propio rey.

—¡Estoy tan feliz por ustedes dos! —Les digo cuando las cosas se calman un poco.

Ambos bajan al suelo y abren los brazos. Entro en ellos e inmediatamente mi padre y mi futura madrastra me aplastan.

—Hiciste muy bien al ayudarnos a mantener esto como una sorpresa —me dice Amari.

Mi papá me mira con una sonrisa que no ha podido apartar de su rostro. Una sonrisa que me dice que está realmente feliz.

—¡No es de extrañar que te murieras por terminar con las sorpresas!

Me río.

—Iba a explotar, papá. Tuve que guardármelo para mí por mucho tiempo.

—Bueno, gracias —me dice, besándome en la frente.

Amari pasa sus dedos por mi cabello.

—Pero, tenemos una sorpresa más.

—¡¿Otra?! —Digo en voz alta y todos alrededor de la mesa se ríen—. Espera... ¿Olvidé algo?

Sacuden la cabeza.

—No, esta te la ocultamos.

—¡Pensé que era parte de toda la planificación! —les digo, un poco ofendida porque no me incluirían en este.

—Fuiste parte de las sorpresas que nos tuvimos el uno al otro —comienza papá.

—Pero esta sorpresa es para ti —termina Amari. Aún no es mi cumpleaños.

Amari sale del comedor y regresa con un sobre amarillo en la mano. Me pregunto si me dirá si voy a tener una hermanita o un hermanito. Eso sería una sorpresa para mí. Me encantaría tener una hermana con quien ayudar y jugar.

—¿Qué es? —pregunto, ansiosa por saber.

—Bueno, ¿recuerdas esa vez en el baile donde dijiste que podíamos averiguar si yo era la señorita Santana, Amari o mamá? —pregunta Amari.

Asiento con la cabeza.

—Sí —le digo. Realmente no lo hemos descubierto exactamente. En la escuela, la llamo Señorita Santana. En casa, la llamo Amari. Y en mis sueños, ella siempre es mamá.

—Bueno, Amari pensó que deberíamos ponértelo más fácil —agrega papá.

—¿Cómo es eso?

Ambos se arrodillan frente a mí esta vez.

—Bueno, esperaba que me dejaras ser tu mamá.

—¿Cómo puedo hacer eso? —pregunto, confundida.

—Bueno, este sobre tiene papeles de adopción. Y si me dejaras, estaría feliz de adoptarte para que, para el mundo, y para ti, yo sea tu mamá.

Mi boca se abre con sorpresa.

—¿Quieres ser mi mamá oficial? —pregunto. Sé que cuando se case con mi padre se convertirá en mi madrastra, pero eso no es lo que sería.

—Así es, si me dejas —dice Amari y puedo decir que está esperando mi respuesta.

—Me llamo en tu honor —le digo.

—Es cierto —mi papá está de acuerdo conmigo.

—Así que ya soy parte de ti —digo.

Amari sonríe.

—Ya lo eres.

La habitación está extrañamente silenciosa mientras todos esperan a que sea yo quien diga algo a continuación.

—No eres la mujer que me dio a luz —le digo y veo cómo la felicidad abandona sus ojos—. Pero eres tú quien me elige. Yo también te elijo a ti.

En el momento en que digo eso, soy envuelta en el más fuerte de los abrazos de mi papá y mi... bueno, mi mamá.

—Te amamos mucho, niña —me dice.

—Yo también los amo.

—¡Ves! Ahora somos oficialmente tus abuelos —dicen el señor y la señora Santana. Bueno, supongo que ahora la abuela y el abuelo. Tomará algún tiempo acostumbrarse a eso.

—¡Este es el mejor día de acción de gracias que he tenido! —les digo, levantando las manos con entusiasmo.

Mi papá se va a casar con el amor de su vida.

Vamos a darle la bienvenida a un bebé.

El amor de la vida de mi papá, la mujer que lleva a su hijo, es mi mamá.

La familia Cole acaba de crecer.

ACERCA DE LA AUTORA

Sobre la autora

Gianna Gabriela es una niña de pueblo que vive en la gran ciudad de Nueva York. Se considera una escritora de magníficos machos alfa y heroínas fuertes. Ha estado leyendo durante años y lo llama su adicción. Su género favorito es cualquier cosa en romance.

Y es una firme creyente de que "una habitación sin libros es como un cuerpo sin alma". Su color favorito es el negro, le encantan la mayoría de los deportes y no le gusta pintarse las uñas porque le cuesta mucho trabajo quitarse el esmalte.

Sígueme:

OTRAS OBRAS DE GIANNA GABRIELA

SERIES

Universidad Bragan

Esperando por ti, Libro 1

Luchando por ti, Libro 2

Sobrevivire

No es el final: Sobreviviré, Libro 1

Nada es igual, Sobreviviré, Libro 2

INDEPENDIENTES

Solo por ti

www.ingramcontent.com/pod-product-compliance
Lightning Source LLC
Chambersburg PA
CBHW020556180626
46810CB00007B/2528